DESESPERANZA

ALBERTO CABALLERO

DESESPERANZA

Contenido

La historia que se narra en este libro está basada en hechos reales. Los nombres de los personajes y algunos lugares han sido modificados para proteger la identidad de los involucrados. Incluso Jaquí, Yauca y Marcona, en donde ocurren los eventos descritos en la novela, corresponden a poblados existentes, pero que se han tomado esos nombres, como pudieron haberse tomado otros, solo para propósitos narrativos.

Cualquier semejanza con personas vivas o fallecidas debe considerarse como pura coincidencia o producto de la dramatización literaria.

I. LA IDEA

1. Advertencia

El día aciago aquel de 1990, Néstor Paz fue advertido a eso de las cinco de la tarde.

Se encontraba sentado en una silla de paja en el salón humilde y sombrío de Juana Ibarra en Jaquí, Arequipa. Esperaba negociar la compra de oro con algunos mineros artesanales.

Juana Ibarra, con semblante cetrino y ojos caídos, pero de trato afable, le había llevado otra taza de café negro, la había colocado sobre la mesa, delante de él y, tras sentarse a un costado, le dijo en voz baja:

—Señor, ¿sabe qué?, es mejor que se vaya porque la zona acá está movida. No es segura. Le puede pasar algo. Es mejor que se vaya mientras es de día.

«Se me volteó la vieja», pensó Néstor Paz. «Me está largando porque deben haberle pasado billetes para librarse de mí».

—No señora —respondió Néstor Paz—. No pasa nada. Si todavía tengo tres cuartos de kilo. Necesito completar uno por lo menos. Un ratito más y me voy.

Una o dos semanas después de haber llegado a Jaquí, Néstor Paz se vio obligado a considerar una rutina indispensable: la de recorrer el pueblo y visitar los quimbaletes por la mañana y, por la tarde, esperar en el salón de Juana Ibarra. Así, los mineros estarían convencidos, por la visita de la mañana, de que hacer negocios con él les favorecía. O por lo menos es lo que Néstor Paz consideraba. Sembrar por la mañana para cosechar por la tarde. Estaba persuadido de que el hábito por una metodología de trabajo era el secreto que lo llevaría al éxito.

—Es mejor que se vaya —insistió Juana Ibarra.

Aunque la voz de la mujer no se escuchaba como lamento ni como orden, sino como súplica, o como consejo, Néstor Paz no percibió nada atemorizante ni nada que le hiciera cambiar la rutina del día.

A pesar de que hubo escuchado que algunas columnas de *sendero luminoso* se localizaban más al norte, mucho más arriba del valle, en el departamento de Ayacucho, supuso todavía bastante lejos de Jaquí.

Desde donde se encontraba, sentado frente a una de las siete mesas situada a la izquierda y al fondo del salón de forma rectangular, que había convertido en su centro de operaciones, Néstor Paz disponía del mejor panorama del establecimiento. Creía haber encontrado la mejor ubicación.

Con esa vista y con la pistola enfundada en el muslo, tal como sus tres asistentes, Néstor Paz se sentía seguro.

Se dirigió hacia el corral, detrás del salón. Dos mineros utilizaban un quimbalete. Mientras uno echaba agua a la poza, el otro mecía el *macho*.

«En unos momentos terminarán de pulverizar el mineral», pensó Néstor Paz, «retirarán el agua con baldes magullados y latas viejas de conservas, llenarán en una media de nylon el barro sedimentado y lo comprimirán y compactarán una y otra vez con las manos desnudas para escurrir y recuperar parte del mercurio utilizado hasta quedarse con una bolita negra, más pequeña que una pelota de tenis de mesa, pero, aunque hayan trabajado con esmero, que lo dudo, todavía quedará en esa bola bastante mercurio».

2. La víspera

La víspera del día aciago salieron tarde de Jaquí, como a las nueve de la noche. Llegaron a Marcona a eso de las diez y media, aunque justo a tiempo como para encontrar abierto uno de los tres o cuatro restaurantes existentes en esa pequeña ciudad minera y portuaria. Era un chifa.

Ahí, de suerte, los atendieron fuera de hora. Cenaron sopa wantán, pollo con verduras, chancho con tamarindo y arroz chaufa. No faltaron las Inca Kolas de sabor nacional que les refrescaron no solo las gargantas sino también la noche.

Al tiempo que cenaban, Néstor Paz les comentó, como lo hacía todas las noches, acerca del avance del trabajo efectuado durante el día y lo que esperaba del día siguiente.

—Tenemos como tres cuartos de kilo. Faltaría un cuarto para completar el kilo. Uno o dos días más y nos vamos.

—Ojalá completemos en un día —dijo el *profe* Machuca—. Tengo cosas pendientes que hacer en Lima.

—Ojalá —continuó Néstor Paz—. Mañana la misma rutina. Recorrido por los quimbaletes, almorzamos donde la señora Juana y a esperar a los mineros.

Tras terminar, Néstor Paz condujo la camioneta. A pesar de que se consideraba buen conductor, sabía que no podría superar la habilidad del *profe* Machuca en estos menesteres. Para eso lo habían entrenado con rigor en manejo y escape de emboscada debido al alto riesgo que involucraba el tipo de trabajo.

Aunque le apasionaban las camionetas, Néstor Paz solo se remitía a conducir lejos de Jaquí, no vaya a ser que a algún elemento del mal vivir, o incluso a la competencia misma, se les diera por emboscarlos ahí o en alguna curva del camino.

Néstor Paz consideraba que como desde su llegada, sus adversarios, que habían visto mermada sus ganancias, debían haber pensado en diferentes formas de ahuyentarlo, desanimarlo e incluso matarlo. Era consciente de que no debía descartar esta última posibilidad.

La camioneta era blanca, de doble tracción y cabina, tolva atrás con tubo de fierro reforzado. Néstor Paz creía que esa camioneta complementaba su seguridad personal y por tanto la de su familia.

Llevó al *profe* Machuca, al *flaco* Vizcarra y al *gordo* Meza hasta el hotel, que más parecía callejón de un solo caño que hospedaje de carretera.

Antes de despedirse, les recordó que debían acostarse sin entretenerse. Estas palabras nocturnas sonaron vacías hasta para él, como una oración desgastada y sin sentido en vez de una orden juiciosa porque sabía que los tres continuarían conversando o timbeando durante el resto de la noche. Y eso no era bueno. Los cuatro debían encontrarse en alerta permanente durante el trabajo, con todos los sentidos despiertos para evitar que los enemigos pudieran sorprenderlos.

—Mañana temprano, a eso de las seis y media. No se entretengan. No esperen la medianoche para acostarse.

La idea de salir temprano se basaba también en

que, si la intención era llegar a Jaquí antes de las nueve de la mañana, debían desayunar a mitad del camino, en Yauca, y no en los restaurantes de Marcona que, por lo general, abrían a partir de las nueve de la mañana. De desayunar en Marcona, llegarían a Jaquí después de las once de la mañana y, en consecuencia, el tiempo restante le sería insuficiente para visitar a los quimbaletes de Jaquí.

Néstor Paz se dirigió hacia la casa de su hermano. Ahí dormía, aunque con poca frecuencia, a partir del primer o segundo mes de llegar a esa zona.

Desde que iniciara el negocio del oro en Jaquí, se hospedaban en un hotel en Nazca y luego en otro en Marcona, pero gracias a la hospitalidad del hermano que trabajaba para la mina de esa pequeña ciudad, Néstor Paz no pudo resistir la tentación de aceptar el ofrecimiento. Si bien es cierto que poco después prefería dormir en el hotel para vigilar de cerca a sus tres ayudantes, de vez en cuando le embargaba la añoranza de conversar con su hermano, de visitarlo y de pernoctar en su casa porque de ese modo podía sentirse como en familia.

No bien los dejó, fue pues donde su hermano. Conversaron, tal vez de algunos temas acerca de sus padres, de la niñez, de la época en que vivían en la base aérea de Piura, de los amigos, en fin, de tantos otros temas que le estrujaban el alma.

Debieron conversar también acerca de Jaquí, de la compra del oro a los mineros artesanales, del gran relave y de Benjamín Rossi, el de la idea.

3. Benjamín Rossi

Benjamín Rossi fue el de la idea. O por lo menos fue quien plantó la semilla.

Por esa época se le conocía en el entorno de amigos como *el vendedor de ilusiones*, porque soñaba con levantar una variedad de negocios. Se le recuerda repetir e insistir algunos, por lo menos tres. Uno de ellos era el de una fundición de plata para fabricar vajillas de exportación con la posibilidad de ser enriquecidos con recordatorios de figuras diversas; otro era el de una flota de transportes para unir la frontera norte y sur y, para rematar, incluía un tercero, el de levantar nuevas líneas férreas paralelas a la futura flota de transportes.

Era usual que no pasara de las ideas porque los socios potenciales, a quienes trataba de convencer, se desanimaban con rapidez ante la evidencia de sus palabras exageradas e inconsistentes.

Era de cabello rojizo y una jirafa de alto. No mostraba contar con dinero suficiente. Vivía como asesor de negocios. Se dedicaba a desarrollar proyectos de inversión para sus clientes, aunque, en sus ratos libres, soñaba con otros de mayor envergadura en concordancia con su *nivel*, para convencer a clientes potenciales. O era demasiado optimista o un contumaz exagerado en sus apreciaciones, pero, aun así, a pesar de que Néstor Paz lo conocía muy bien, logró llevarlos, a él y a Carlos Bazán, el inversionista, al gran relave de Jaquí que, según sus estimaciones, escondía algo de cinco toneladas de oro.

—Está ahí, a la vista. Solo es cuestión de recogerlo.

Benjamín Rossi afirmaba, y de un modo convincente, que ese relave de por lo menos dos millones de toneladas de desechos contenía más de 2.5 gramos de oro por tonelada, cifra de por sí rentable, según sus palabras, para el proceso de extracción del metal fino.

4. Néstor Paz

Cuando Néstor Paz trabajaba en Macros de Lima, como gerente del departamento Compras Mercado, Benjamín Rossi era uno de los proveedores, de modo que, si bien es cierto que no profesaron una amistad íntima, sí se fueron conociendo lo suficiente como para descubrir las virtudes y defectos uno del otro. Con el tiempo, Néstor Paz se fue formando una idea más clara acerca de lo que se decía de Benjamín Rossi y de sus sueños de grandeza, en cambio Benjamín Rossi llegó a respetar a Néstor Paz por sus virtudes, por considerarlo un hombre justo, responsable, compasivo y, sobre todo, de carácter fuerte.

Así era Néstor Paz, tal vez por la formación de esa época en que los niños no necesitaban especialistas sino la crianza de parte de los mismos padres sobre la base de la disciplina. Como nació en 1950, pertenecía a la generación aquella que siguió a la segunda gran guerra, la de la explosión de la natalidad, fenómeno demográfico ocurrido entre los años 1946 y 1964.

«No conozco otra manera para la formación del carácter que la misma disciplina», afirmaba su madre.

Es posible que su madre influyera en él. Sola, haciendo el papel de madre y padre a la vez, su madre se vio en la necesidad de lidiar con sus dos hijos hombres. Utilizaba las herramientas psicológicas prácticas de aquellos tiempos que sirvieran para encaminarlos, enderezarlos y hacerlos hombres de bien: zapatos, zapatillas, escobas, correas o cualquier objeto que estuviera a su alcance.

Todo lo que pudiera encontrarse a la mano servía para corregirlos. Si se desviaban del camino tras alguna travesura, entonces volaban esas *herramientas* con una puntería asombrosa. Lograba golpearlos en la espalda, en las piernas o en alguna otra parte del cuerpo a pesar de la distancia alcanzada después de que sus hijos huyeran despavoridos.

Adicional a este tipo de correcciones, la disciplina y la palabra de la madre era ley en casa. No facilitaba a sus hijos todo lo que pedían, sino que debían conquistarlo. Ambos, los dos hermanos, debían trabajar y esforzarse para obtener lo que deseaban.

Si anhelaban vacacionar en la playa con los amigos, por ejemplo, debían superar las evaluaciones mínimas que la madre les imponía. Si terminaban el año escolar por debajo de esas calificaciones, perdían el derecho de disfrutar de sus vacaciones y, más bien, durante ese periodo de inactividad escolar debían estudiar para recuperar el tiempo perdido. No había forma de que la madre dejara de cumplir sus promesas.

Desde que el padre los abandonara, la madre se había convertido en una mujer de hierro, aunque también era bondadosa.

Si en el camino, durante los paseos matutinos de los fines de semana, se cruzaban con un indigente, la madre no perdía la ocasión de enseñarles las bondades del acto de dar y recibir a través de la limosna. Los había acostumbrado desde muy pequeños, tanto que, si los hijos eran los primeros en descubrir al mendigo, entonces jalaban de la manga del abrigo. Ante el jalón, aunque suave, la madre, casi de modo automático, entregaba a sus hijos unas monedas que sacaba del bolsillo. «No hay mayor placer que mirar el brillo de los ojos», les decía.

Había escuchado tantas veces esta frase que, al tiempo del acto de dar, Néstor Paz esperaba recibir como recompensa una sonrisa y el brillo en los ojos. Sobre todo, eso: el brillo en los ojos. Era reconfortante. Mejor que las palabras o un simple *gracias*.

5. Abstracciones

Detrás de su casa había un hormiguero. Néstor Paz solía acercarse para observar. Filas de hormigas disciplinadas salían y otras entraban. Las contemplaba como si marcharan al compás de una melodía que solo las hormigas pudieran escuchar. Las filas eran interminables y las hormigas, incansables. Unas iban ligeras y otras regresaban con carga. Trabajaban todo el día y todos los días. Para ellas no existían domingos ni feriados ni navidad ni fiestas patrias. Trabajaban sin descanso. No dormían, o eso le parecía a Néstor Paz. Era tanta su abstracción cuando niño que el tiempo transcurría veloz mientras contemplaba a las hormigas.

Una de esas veces concibió la imagen de seres enormes, gigantescos, pero de naturaleza diferente de la nuestra porque no podíamos verlos. Se preguntó que, así como él contemplaba a las hormigas, ¿no sería acaso posible que esos seres enormes nos estuvieran contemplando y estudiando? Si fuera así, ¿también sería posible que otros seres más grandes aún y de otro tipo de naturaleza estuvieran estudiando, sin ser vistos, a esos seres que nos estuvieran contemplando?

Luego su imaginación logró escabullirse libre entre millones de neuronas hasta llegar mucho más allá. Consideró que podría haber seres tan extraños y gigantescos que nos sería imposible siquiera sospechar acerca de su naturaleza y que, a su vez, estuvieran contemplando a los anteriores, y así hasta el infinito, porque infinito es el universo.

Néstor Paz divagaba y soñaba despierto.

Desde el día que su abuelo murió, se puso a pensar acerca de la muerte. Cuando escuchó que el abuelo se había ido a *mejor vida*, pensó en cuál era ese lugar, en cómo era y dónde se encontraba. No le llegó a la mente la existencia del cielo ni del infierno y menos del purgatorio. Se imaginó un lugar especial hacia donde solo pueden ir aquellos que *pasan a mejor vida*. ¿Habría que morir para llegar a ese lugar y pasarla bien?

Con los años, la idea acerca de la muerte fue cambiando de manera paulatina.

Se le ocurrió que en ese lugar destinado para los muertos no había necesidad de comprar nada, porque todo estaba ahí, y si no, solo con enunciar aquello que se deseara aparecía como por arte de magia. Los alimentos, los juguetes, los muebles, las casas, los automóviles, todo, incluso los amigos. No podría haber límites porque ese lugar era justo en donde se *pasaba la mejor vida*.

Consideraba luego que, para *pasar a mejor vida* primero habría que morir y, para morir, habría que vivir y, antes, nacer. ¿Importaba, entonces, cómo vivir en este mundo?

Luego, tal vez entre sueños o en algún desvarío involuntario, recibió un mensaje insólito o percibió una imagen perdida en algún tiempo y espacio desconocido, vaya uno a saber lo que imaginan los niños, acerca de la posibilidad de que las personas que *pasasen a mejor vida* pudieran ser aquellos seres enormes y de naturaleza diferente que nos contemplasen mientras observamos a las hormigas. Y si estos seres enormes muriesen, pasarían a otra *mejor vida*, mejor todavía que la *mejor vida* anterior, y que pudiesen contemplar a aquellos que nos contemplasen. Y así hasta el infinito.

Meditaba y reflexionaba. Con el tiempo concluyó que *pasar a mejor vida* no era más que un dicho. Sin embargo, la idea preconcebida que asimiló desde la niñez se mantuvo incólume en algún rincón casi inaccesible de la mente: el destino de la vida es la muerte y, de la muerte, una *mejor vida.*

6. Macros

Es posible que la primera cadena de supermercados que se implementó en Lima con el método de adquisición de autoservicio fue la cadena Macros, como extensión de las tiendas Macritos que venía operando desde 1958.

El primer local inaugurado en 1967 fue el que se encontraba en la esquina entre las avenidas Alfonso Ugarte y Venezuela y, según se dice, por primera vez los limeños pudieron comprar en un solo establecimiento desde alimentos frescos y congelados, bebidas y perfumes y hasta electrodomésticos y prendas de vestir.

Justo en ese local, Néstor Paz terminó su relación laboral con Macros en 1988, o tal vez en 1989, de manera por demás sorpresiva y desfavorable, tal vez impulsado por la incertidumbre que atravesaba el país y, como consecuencia, la cadena.

Siendo muy joven, Néstor Paz ya era miembro de la Asociación de Tiro Olímpico, en el distrito de La Victoria. Ahí conoció al gerente de relaciones industriales de Macros y con quien estrechó una buena amistad.

Corría el año 1975, acababa de terminar sus estudios universitarios como Administrador de Empresas, recién casado, con esposa embarazada y sin trabajo, no le quedó otra opción. Un día se animó a preguntarle:

—¿Qué debo hacer para trabajar en Macros?

Si bien Néstor Paz desconocía cómo se manejaban estos asuntos, reconocía, por la condición en que se encontraba, que le apremiaba contar con ingresos.

—Fácil. Ve a mi oficina.

Luego de dos o tres días, Néstor Paz se entrevistó con su amigo. Después de hacerle llenar unos papeles amarillos con algunas copias, le dijo:

—Vas a empezar como meritorio.

—¿Qué es eso?

—Te van a entrenar para que puedas llegar a ser subgerente y luego, tal vez, administrador de una tienda, pero al comienzo deberás soportar un periodo de prueba. Sin remuneración. Como aprendiz. Todo dependerá de ti, de tu desenvolvimiento.

Así empezó, novato en la materia, pero con ganas enormes por mostrar lo bueno que era. Su primera experiencia fue en la tienda de Surquillo, a cinco minutos de su domicilio de ese entonces ubicado en San Antonio.

«Bien por mí, y por mi familia», se dijo, pero su alegría fue breve porque poco después, no habiendo transcurrido más de tres meses desde su llegada, los directivos de Macros tomaron la decisión de levantar nuevas tiendas. Entre ellas la de San Felipe, a más de una hora de su casa. Lo enviaron ahí como asistente en apoyo del gerente de esa tienda, pero con remuneración que tanta falta le hacía.

Con los años y la experiencia adquirida, la gerencia general llamaba a Néstor Paz cada vez que decidían implementar tiendas nuevas, primero como apoyo, luego como subgerente y, por último, como gerente de tienda. Como tal, se hacía cargo desde la planificación hasta transformarla en operativa para luego entregar la posta al que se encargaría de administrarla.

Fue promovido, entonces, a la gerencia de operaciones para trabajar con el gerente de esa área, que era el responsable de todas las tiendas de la cadena. Su despacho, por tanto, se ubicaba en el segundo piso del local de la esquina que formaban las avenidas Alfonso Ugarte y Venezuela.

Y así, con esa trayectoria meteórica, luego de seis o siete años desde que ingresara a Macros, un día fue requerido por el gerente general.

—Como el gerente de Compras Mercado está renunciando, quisiéramos que tú ocupes ese puesto —le dijo sin mayor preámbulo.

—He trabajado en áreas distintas. De compras no conozco nada, no tengo experiencia en ese rubro.

—No importa. La experiencia es lo de menos porque sabemos que la vas a ganar con rapidez. Ve, que en esa oficina te espera el saliente, que te explique cómo es el manejo, el proceso de compras, la parte operativa y todo lo que necesites saber. Imagino que se demorarán una semana o diez días y de ahí, pues, te harás cargo.

Así que Néstor Paz, ansioso por el nuevo reto, fue a ver al que reemplazaría con la esperanza de encontrar a un hombre cortés y, sobre todo, predispuesto a participar en paz y armonía durante el proceso de entrega de cargo. Se imaginaba recibir, en una o dos semanas, la información suficiente, confiable y veraz, además de las recomendaciones apropiadas para desempeñarse en su nuevo puesto con eficiencia en consonancia con las expectativas favorables que le había asegurado el gerente general.

Estaba convencido de que, si primero iba tomando nota de cada una de sus inquietudes que se fueran presentando en el camino y luego las ordenaba desde la más simple hasta la más complicada, facilitaría el trabajo arduo que les esperaba a ambos. Como le convenía a él asegurarse de que todo debiera funcionar del mejor modo posible, le correspondía, ahora más convencido que antes, tomar siempre la iniciativa.

Al llegar, encontró a un hombre delgado y de ojos saltones.

—Hola, ¿cómo estás? —se anunció después de aclararse la voz—. ¿Sabes que me da mucha pena tu retiro?

—No hay problema.

—Me envía el gerente general —dijo Néstor Paz en tono amable y pausado—, para que me expliques cómo son las cosas... para poder en unos días hacerme cargo de la gerencia de Compras Mercado.

—¡Qué bueno! —le dijo con los ojos más saltones que antes—. Toma asiento.

Néstor Paz se sentó. El saliente lo miró fijo, a los ojos. Se quedaron mirando los dos, aunque no más de dos segundos, tiempo suficiente como para que Néstor Paz lo observara con una sonrisa complaciente en tanto que el saliente respondiera con otra maliciosa.

—Estas son las llaves de la oficina, este es el escritorio, ahí están las sillas, tenemos acá un equipo de aire acondicionado como puedes ver, la papelería esta acá y la secretaria está afuera. Ha sido un placer conocerte. Me voy.

Y se fue.

Néstor Paz se quedó estupefacto, pero con el recuerdo imborrable de los ojos saltones que más que consolarlo y apoyarlo parecían gritarle. No tenía ni idea de donde diablos se encontraba sentado.

Por esa época, la cadena Macros hacía publicidad en prensa, en radio, en televisión y durante todas las semanas. Cada jueves arrancaban las campañas y promociones y terminaban los martes. Así que, como la siguiente campaña debía encontrarse operativa el miércoles, en solo unos días, esa noche no durmió, o durmió despierto soñando con aquellos ojos saltones gritándole para que desistiera.

Entonces tampoco durmió al día siguiente, y apenas los subsiguientes. Trabajó duro para salir airoso. Meses después, cuando el Grupo Beta lo encontró en ese puesto, hubo de darse cuenta de que su esfuerzo valió la pena. Y desde ese puesto también conoció a Benjamín Rossi, durante una de las campañas navideñas.

7. Don M

Con los años, Néstor Paz entendió que a don M nunca le gustó el negocio de la comercialización de bienes. Como era economista, mostraba el deseo incontrolable de emprender una empresa bancaria, a su medida, de abrir un banco y trabajar en el sector financiero.

Tal parece que mientras soñaba con una sociedad financiera, el Grupo Beta le presentó una oferta bastante tentadora, es posible que a través de la Fábrica de Tejidos.

Don M la aceptó sin titubear. Según cuentan personas cercanas a su entorno, durante esos días no pudo haber otro hombre en el mundo más feliz que él. Por la oferta. O muy posible porque le llegaba a la mente con bastante optimismo que por fin su sueño se haría realidad.

Y se hizo realidad a pesar de que la cadena se encontraba en pleno apogeo. Ya contaban con quince tiendas o algo más, de modo que cuando la noticia de la venta de los supermercados llegó a los oídos de Néstor Paz y a los de sus compañeros, la percibieron como una bomba, como si el mundo se les viniera encima, de mal agüero. Sorpresiva.

Como no conocían ni sabían nada acerca de los nuevos dueños, una sensación de incertidumbre y malestar, como un flujo denso y maligno, pero invisible, invadió los pasillos y oficinas de las tiendas.

Se podía sentir en las miradas soñolientas, en los andares silenciosos e incluso en las conversaciones azarosas. Pero esa sensación de malestar, o de zozobra, infundada por supuesto, se desvaneció en unos días porque con la llegada del Grupo Beta llegaron también mejores condiciones de trabajo, como aumento de remuneraciones y estabilidad laboral. Entonces se experimentó un cambio radical: los labios sonreían, los pasos bailoteaban y las voces se animaban.

Aunque a la larga, según parece, la decisión de don M fue acertada, no tanto por su visión ni por el sueño que le carcomía la cabeza, sino porque el cambio de manos de los supermercados fue un acto de buena suerte.

Ni él ni nadie podrían predecir que Alan García Pérez llegaría a la presidencia del Perú en 1985, con propósitos tan misteriosos y tal vez tan miserables, que por su gestión nefasta desestabilizó la economía del país hasta llevarla a la bancarrota.

Lo que soportó el pueblo peruano no fue un temblor, fue un terremoto. Fue el triunfo del desastre, de la destrucción. Ningún gobernante pudo haberlo hecho peor, de lejos.

Cada peruano debió no solo experimentar, sino sufrir en cuerpo y alma la ruina del país, porque debió pagar la factura durante la segunda mitad de la década de los ochenta y comienzo de la de los noventa. Época de podredumbre social extrema.

Durante el gobierno del líder aprista se radicalizaron los desequilibrios macroeconómicos, se dejaron de pagar los compromisos adquiridos de la deuda externa hasta llegar al aislamiento internacional, se distorsionaron los incentivos para el esfuerzo y la inversión, entre otros males, y cuyas consecuencias se manifestaron en el retroceso del PBI per cápita hasta valores menores que los registrados en los sesenta.

Pareciera que el mal hubiera empezado el día en que Alan García debió experimentar una visión, como un *impromptu* mágico que solo pueden percibir los dioses: sin consultar a nadie, o al menos eso se dice, decidió estatizar la banca.

Entonces se experimentó una inflación anual acelerada estimándose en uno de esos años, en el último de su gobierno, en más de siete mil por ciento. Logró batir el récord mundial con un acumulado durante todo su gobierno de cinco años en más de dos millones por ciento. Una pena. Como consecuencia, se incrementaron la pobreza y la desigualdad económica y social entre sus habitantes a niveles tan altos que sin ninguna duda se podría afirmar que llegaron a robustecer el caldo de cultivo de la creciente amenaza de grupos guerrilleros y terroristas como *sendero luminoso*.

La inflación era tan galopante que la gente administraba su remuneración de la manera más inteligente posible: corría para gastarlo casi en el mismo instante en que lo recibía. Los productos que compraba, que se resumían en solo alimentos, debían estirarlos hasta la siguiente remuneración y que, si esta no se incrementaba a la par con la inflación del periodo, ya no servía ni para comprar pan.

La gente de bajos recursos se vio obligada a utilizar alimentos balanceados como vita ovo y nicovita, que más parecían alimentos para aves que para consumo humano. Las ollas comunes, sobre la base de estos alimentos, proliferaron en las barriadas como una acción de emergencia con la finalidad de saciar el hambre, en especial de los niños. Es posible que la anemia y la desnutrición crecieran durante este periodo tan lamentable de la historia del país.

8. La gran distribuidora

Como algunos competidores en el negocio de supermercados ya habían quebrado y otros se encontraban en esa dirección, Néstor Paz comenzó a preocuparse. Las cosas parecían ir bien, pero Néstor Paz sospechaba que el bienestar en Macros pudiera truncarse por el mismo motivo que ocurría en las otras cadenas. Era consciente que debía ser precavido, que debía considerar otras opciones.

Así que, un año antes de finalizar la década de los ochenta, poco más o poco menos, y después de casi quince años de ingresar a *Macros*, se le presentó la oportunidad de trabajar en otra organización, en una *gran distribuidora*, o como así le hicieron creer.

Fue una que era proveedora de la cadena Macros, con quien trataba en forma directa y que meses atrás organizara una fiesta por la inauguración de un nuevo local bastante lujoso, en la avenida Arequipa, en el lado de Miraflores. Asistió como invitado. Ahí pudo disfrutar del derroche en comida y licores finos a discreción. Se codeó con diferentes políticos del gobierno de turno y otros personajes célebres de Lima. Imposible dudar. Quedó gratamente impresionado.

Como esta *gran distribuidora* le ofreció una gerencia con mejor remuneración que la que recibía en Macros, Néstor Paz, deslumbrado por el poder económico visto en la fiesta y previendo que llegarían tiempos malos ante la crisis económica que atravesaba el país y que ya venía afectando a Macros, renunció poco antes de finalizar la década de los ochenta y pasó feliz a trabajar con su nuevo empleador. Aunque su entusiasmo le debió durar muy poco.

Ya en su nuevo trabajo y transcurrido medio año o poco más, el gerente general, en complicidad con el dueño, planificó, como después se supo, un viaje a la China con el pretexto de importar juguetes previendo la próxima campaña navideña. Como le adeudaban la remuneración de los seis primeros meses de trabajo, Néstor Paz desestimó la invitación, aunque en esos momentos le era imposible considerar que en realidad era una maniobra.

Cosas de Dios, de intuición o de sospecha. Transcurridos unos días, Néstor Paz se enteró por televisión de la mala nueva. Transmitieron la noticia que unos peruanos traficantes de cocaína fueron capturados en otro país. Se trataba del mismo grupo que viajó a la China. Así que también cayó la organización y en consecuencia la *gran distribuidora*.

Aunque Néstor Paz se sintió aliviado por haber escuchado a una de sus tantas corazonadas, de la noche a la mañana se quedó sin trabajo, sin ilusiones y con menos amigos.

Cuando era gerente de compras de Macros, Néstor Paz se creía un hombre especial, en la cumbre de su poder, porque aparte de negociar los precios y descuentos con los proveedores, ellos y los gerentes de otras empresas lo invitaban a sus fiestas y banquetes, le preparaban presentaciones casi personalizadas y lo saludaban con reverencia y respeto. Hasta entonces no había podido comprender que el poder y los amigos, que el cargo otorga, solo es prestado y pasajero, como todo lo que se consigue en este mundo.

Sin trabajo y sin otro tipo de ingresos, todos aquellos que le rendían honores ya no lo conocían, y si por la calle se cruzaban con él, ni lo saludaban.

Por otro lado, además de los seis o siete meses perdidos, el dinero de la indemnización que recibiera por su renuncia en Macros se estaba agotando.

Angustia y decepción. Con un nudo en la garganta. Así se sentía, solitario, vacío y sin rumbo.

9. Estudio de abogados

En su nueva condición lamentable, Néstor Paz se puso a buscar trabajo. Llamaba por teléfono, indagaba a través de los amigos e incluso visitaba a las cadenas de la competencia de Macros.

Es posible que, por ese ímpetu de supervivencia, la necesidad transmitida a su entorno llegó a oídos de Benjamín Rossi.

Benjamín Rossi, que desarrollaba trabajos de factibilidad acorde con su profesión de ingeniero, llamaba a Néstor Paz de forma esporádica para que se hiciera cargo de una parte de cada estudio que lo relacionara con su especialidad.

Pero no era suficiente.

Tal vez por ese deseo apremiante, cierto día un amigo le sugirió visitar a un estudio de abogados que habían mostrado la intención, según le habían comentado otros amigos, de levantar un negocio de distribución. Así que con esta noticia y sin perder tiempo, Néstor Paz decidió visitarlos.

Era un estudio de abogados cuya oficina se encontraba cerca del Óvalo de Miraflores. Después de presentarse, le informaron que el propósito de esa iniciativa era la implementación de una distribuidora de productos de tocador. Le propusieron que se hiciera cargo. Por supuesto que, sin pensarlo dos veces, Néstor Paz aceptó a pesar de que la remuneración que le ofrecían solo cubriría sus necesidades primarias.

Frente a no contar con nada, eso era mejor que bueno.

Así que Néstor Paz se instaló de inmediato. No quería perder tiempo. Comenzó a trabajar sobre la base de esos lineamientos. De enfocarse en los productos de tocador.

Con la experiencia que había adquirido en Macros, se conectó con muchos de los contactos y cargos de los diferentes proveedores que todavía conservaba. Les explicaba que se encontraba armando un plan piloto de una nueva distribuidora y que necesitaba sus productos para colocarlos en una zona definida, como un mercado cautivo. Tras el esfuerzo previo, recibió respuestas favorables.

Transcurridos unos meses, tal vez cinco, o seis, el plan piloto había llegado a una tendencia de crecimiento acelerado, entonces sus ingresos también podrían mejorar, pensaba entusiasmado Néstor Paz. Aunque para dar el salto, requería de mayor inversión en local, en camionetas de distribución y en stock de respaldo de entre 30 a 60 días.

Después de presentar sus planes a los accionistas y de explicarles que su objetivo era lograr que el negocio floreciera, recibió como respuesta la imposibilidad de apoyarlo. Los abogados no disponían de capital suficiente ni de otras inversiones que les permitieran conseguir el financiamiento que Néstor Paz les había propuesto.

Como consecuencia de no contar con la infraestructura ni con el respaldo de un stock de reserva suficiente, el negocio comenzó a estancarse y por lo tanto a fallar en su objetivo. Aunque debía mantener ese empleo como fuera posible porque no tenía otra fuente de ingresos, a Néstor Paz no le quedó otra opción que manifestar su incomodidad a sus empleadores, si bien de forma discreta.

10. Carlos Bazán

Ante un futuro algo incierto, uno de esos días que necesitaba cambiar dólares, le indicaron que a una cuadra había una casa de cambios. Fue hacia allí. Dudó antes de ingresar porque la dirección que le habían dado era una vivienda algo antigua. El jardín exterior se hallaba cercado por una reja de fierro. Solo la puerta lateral permanecía abierta.

Ya adentro le impresionó el contraste con la fachada. Se encontró con un ventanal blindado, de pared a pared, como un banco, con una puerta incrustada en el costado derecho que permanecía cerrada. Detrás del ventanal unos empleados atendían al público a través de unas ventanillas. Se acercó a una de ellas justo en el momento en que alguien, desde más allá de ese ventanal, le gritó con una voz que le fue familiar.

—¡Néstor Paz!

Un hombre, como de su edad, había exclamado su nombre en voz alta, pero con muestras de cariño y entusiasmo.

—¡Hola, Carlos Bazán! —tras voltear y reconocerlo, Néstor Paz contestó con el mismo tono

Era un ex compañero de colegio a quien no veía por años. Lo recordaba como un buen amigo.

—Ven, pasa —le dijo después de abrirle la puerta lateral adjunta a la hilera de ventanillas.

Luego de estrecharle la mano y darle un abrazo caluroso, lo condujo por unas gradas hasta su oficina en el segundo piso.

Se entretuvieron una o dos horas recordando tiempos de estudiante, de los amigos, de los profesores, de las peleas y de otras vicisitudes inolvidables. Aunque no fueron amigos íntimos, se conocían mutuamente porque estudiaron en el mismo salón de clases. «No ha cambiado nada», pensó Néstor Paz con una ligera sonrisa mientras lo escuchaba y observaba.

—¿Qué haces? —preguntó Carlos Bazán después de agotar el tema del colegio.

Néstor Paz le contó de su experiencia y renuncia lamentable de Macros, de su decepción con la *gran distribuidora* cuya directiva había caído en desgracia por tráfico de drogas y de sus limitaciones por falta de inversión del trabajo último con el estudio de abogados.

—Oye. Estoy necesitando gente de confianza. Manejo este negocio. ¿Por qué no vienes a trabajar conmigo?

—¿Tú crees?

—Pero por supuesto. El negocio está creciendo.

—¿Desde cuándo empiezo?

—Desde este instante, si quieres.

Por esa época, el negocio de las casas de cambio se encontraba en auge, tal vez porque el dólar se disparaba a cada instante, de modo que el secreto radicaba en comprar de inmediato después de vender. Así, la diferencia entre la compra y la venta era grande. Carlos Bazán compraba dólares en los bancos en donde conservaba sus contactos, por otro lado, esos dólares que estaba comprando ya los había vendido a una empresa, a unos privados. A esa ganancia habría que adicionarle las que provenían de los clientes regulares que se acercaban a ventanilla a vender o comprar dólares.

—Bueno. Claro que me interesa. Excelente poder trabajar contigo, pero estoy comprometido con el estudio de abogados. Déjame unos días a ver qué pasa.

Así que Néstor Paz, ilusionado, regresó a su trabajo con la finalidad de presionar, pero la respuesta fue la misma. No tenían capacidad de inversión, más bien terminó convencido de que sus empleadores nunca pensaron en un negocio grande sino en algo pequeño del que pudieran obtener un ingreso adicional, como un entretenimiento.

—Si lo que pretenden es vender diez unidades, no van a sacar ni para el té. Este negocio funciona por volumen. Si ustedes no cuentan con la capacidad de vender por volumen, no es negocio —les explicó durante su última conversación—. Vender un jabón no les va a dejar nada. Tienen que vender miles de jabones, pero para venderlos necesitan un local para almacenarlos, y esa cantidad adicional la tienen que pagar. ¿Y cómo los van a distribuir? No se puede en pequeñas unidades móviles sino en verdaderas unidades de distribución, por lo menos dos o tres. La cosa pues va pateando.

—Como te dijimos, no podemos.

—Bueno pues, entonces hasta acá llegamos.

Y se despidieron.

Néstor Paz recuerda que esta vez se despidió tranquilo, sin remordimientos ni pesares.

11. Casa de cambios

Así que, desde el día siguiente, Néstor Paz comenzó sus labores con su amigo Carlos Bazán.

La casa de cambios era un negocio familiar porque con él trabajaban en ventanilla su esposa, dos hijos y un sobrino. Uno de los hijos era algo indisciplinado porque se ausentaba con mucha frecuencia. Apoyaba en el resguardo de los ambientes, además, un equipo de seguridad integrado por cuatro personas, uno que permanecía afuera, dos adentro y un chofer. En compañía y protegido de estos tres últimos, Carlos Bazán asumía las operaciones mayores.

Como estos cuatro llevaban armas, Néstor Paz tuvo que tramitar su licencia para portar una. Escogió una pistola automática Pietro Beretta de 9 milímetros con funda de cuero para colocarla en la parte posterior de la correa táctica de ajuste al pantalón, pero fácil de enfundar y desenfundar. Le fue entregada durante el entrenamiento básico de seguridad que recibiera una o dos semanas después de haber ingresado a trabajar en la casa de cambios. Entonces le encargaron las operaciones mayores en reemplazo de su amigo.

Nunca trabajó ni en oficina ni en ventanilla, sino en la compra de grandes cantidades de dólares en banco para trasladarlo de inmediato al comprador que Carlos Bazán ya le había vendido en forma directa, sin necesidad de otro trámite. Bastaba con las indicaciones directas de su amigo.

El dinero en moneda nacional que cobraba del comprador servía para otra operación similar, regresaba al banco, compraba más dólares para trasladarlo a otro comprador y así, de tres a cinco operaciones diarias, de lunes a viernes.

Esta parte del negocio de la casa de cambios no era rápida ni tampoco se remitía a transacciones simples de compra y venta. Había que apelar a la paciencia madura y a la tolerancia extrema. Tomaba tiempo el evento de contar el dinero en cada transacción, por ambas partes, por el comprador y por el vendedor, además de soportar el tráfico incontrolable de Lima.

El trabajo lo realizaba con el mismo personal de resguardo y seguridad con que contaba Carlos Bazán, empleados todos de la misma casa de cambios: *el profe* Machuca como chofer, *el flaco* Vizcarra y *el gordo* Meza. Eran elementos de primera y, sobre todo, confiables. Al parecer, menores de treinta años, aunque al *profe* Machuca, el más culto de los tres, se le veía algo mayor. Por la disciplina mostrada, a Néstor Paz le dio la impresión de que los tres pudieron haber servido en la marina, en el ejército o tal vez en las fuerzas policiales.

Con el tiempo los llegó a conocer. Y ellos a él. Daba la impresión de que sabían lo que Néstor Paz pensaba durante el proceso de cada operación y del manejo de divisas. Era la época en que se respiraba temor en el ambiente debido a los asaltos frecuentes en las casas de cambio. Tal vez esa era la razón por la cual las coordinaciones entre ellos eran dinámicas y rápidas. No podía haber titubeos. Formaron un buen equipo que se consolidó poco después durante el entrenamiento en la base de la Marina de Guerra en Ancón.

Al terminar el día, por lo general antes del ocaso, debían llegar a la casa de cambios para entregar el reporte, pero, en especial, para calcular la utilidad que había generado la jornada. Se entregaba el dinero que llevaba para quedar resguardado en bóveda, una caja fuerte ubicada en una habitación contigua a la oficina de Carlos Bazán, en el segundo piso.

Durante los días en que el movimiento se encontraba algo lento, esperaban en la oficina, tomaban cafecito, conversaban de temas diversos hasta recibir la llamada. Entonces salían presurosos.

Dado el trabajo de alto riesgo, por suerte o tal vez lo evitaron debido al entrenamiento básico de seguridad, nunca experimentaron un percance lamentable ni con asaltantes ni con pérdida de dinero por error en el conteo. salvo una vez mientras esperaban en la oficina.

Como alguien, que no conocían, gritó que estaban asaltando en otra casa de cambios ubicada en la esquina de esa misma cuadra, los cuatro salieron corriendo a prestar ayuda. Ingresaron con las armas en alto. El dueño de ese otro negocio casi muere de un infarto a verlos llegar estrepitosamente con las armas desenfundadas porque en realidad nadie los estaba asaltando. Más bien creyó ese dueño, tal vez en un instante fugaz antes de reconocerlos, que los cuatro, por la forma en que llegaron, no eran socorristas sino asaltantes avezados.

Néstor Paz pudo comprobar, debido a esta experiencia nefasta, que todavía no se encontraban preparados para repeler una incursión violenta.

12. Entrenamiento

A las pocas semanas, Carlos Bazán logró conectarse con un grupo de oficiales de la Infantería de Marina quienes se encargaban de impartir técnicas de seguridad a través de módulos de defensa, ataque, escape de emboscadas y otras disciplinas de corte similar. Curioso fue a recibir una charla introductoria.

Más que entusiasmado, a su retorno a la oficina explicó a sus empleados que los había inscrito en los módulos que le ofrecieron durante la charla. Cada fin de semana, sábado todo el día, y domingo medio día, y durante seis meses, Néstor Paz, los integrantes del equipo de seguridad incluido el *profe* Machuca, Carlos Bazán y sus dos hijos, recibieron el entrenamiento en la base de la Infantería de Marina en Ancón.

Ahí Néstor Paz asistió a una diversidad de módulos como el de acondicionamiento físico, el de valor, el de defensa personal, el de tiro al blanco y el de las técnicas de manejo y escape. Participó también en los módulos del uso de equipos de protección personal, en el de exposición de armas menores, en el de primeros auxilios, cruce de áreas peligrosas, escalamiento de cerros, descenso de riscos con cuerdas, pistas de combate y otros más.

En la prueba de valor, Néstor Paz se mantuvo echado y rígido sobre el piso, con los ojos abiertos y los brazos alineados con el cuerpo en la misma posición de firmes de un soldado. Esperó, valiente, encontrarse en unos segundos entre las llantas de un vehículo militar ligero cuando avanzara sobre él. Y lo superó. El ruido del motor y el instante en que el vehículo pasaba casi lo amedrenta. Pero supo contenerse. Fue en ese instante que tomó conciencia de que los valientes también sienten miedo, pero saben dominarse.

Si no hubiera sido por uno de los hijos de Carlos Bazán, el indisciplinado, todos hubieran superado esa prueba. Durante el evento, el muchacho mantenía los ojos cerrados y los brazos extendidos. Un error garrafal para estos menesteres. A tiempo el instructor apuró el paso para ordenar al chofer que suspendiera la prueba. Todos se percataron solo al escuchar la orden del instructor que sonó como un grito desesperado. El vehículo militar paró justo en el instante en que las llantas se encontraban a escasos centímetros de los brazos indefensos.

Intervinieron también en la prueba de la mecha. Consistía en la formación de un grupo alrededor de la misma cantidad de mechas, pero una sola de ellas se encontraba en conexión con un cartucho de dinamita. Nadie sabía cuál era. Así que, en orden, y uno tras otro, debían prenderlas utilizando una caja con palitos de fósforos. Estaba prohibido moverse o correr y saltar a la trinchera que se encontraba a unos pasos hasta que el último del grupo encendiera la que le tocaba. Los primeros las prendían tranquilos, pero no así los últimos porque o se les caía los fósforos o se apreciaba el temblorcillo en sus manos. Y no era para menos porque nadie sabía si la mecha de la dinamita ya se encontraba prendida.

También participaron en lanzamiento de granada de mano. Los instructores no avisaban ni explicaban el detalle aquel en que los aprendices debían experimentar. Néstor Paz se había parapetado dentro de una trinchera cuando le entregaron una granada. La sujetó con la mano derecha manteniendo presión sobre la espoleta. Retiró el seguro con el dedo índice de la otra mano. Con las piernas separadas, las rodillas ligeramente flexionadas, el brazo derecho hacia atrás, pero manteniendo en alto la mano que sostenía la granada, tal como le habían enseñado, se puso a esperar la orden mientras contaba ansioso hasta diez.

—¡Lánzala! —gritó su instructor transcurrido unos segundos.

Casi de inmediato Néstor Paz la lanzó y, cuando se disponía a ponerse a cubierto, a unos dos metros y medio de donde se encontraba, casi en el mismo instante de haber lanzado la granada, la espoleta se desprendió con una explosión seca, como un disparo de bala. Néstor Paz tuvo la sensación de que la granada explotaba en la cara. Después de lanzarse de cabeza dentro de la trinchera escuchó, mucho más allá, la explosión de la granada y luego la risotada de aquellos compañeros de trabajo que ya habían superado esa prueba.

La prueba de escape de emboscada fue fatal. O por lo menos eso creyó Néstor Paz.

Era en realidad la prueba de fuego del chofer. La unidad móvil debía ingresar y salir de la *zona de muerte*, que era una pista carrozable de dos vías, una de ida y otra de vuelta. Una serie de globos, como seis u ocho, colgados al lado derecho del carril de ida, simulaban a los agresores. La prueba consistía, además, en bajarse esos globos. Néstor Paz ocupó el asiento del copiloto y el *gordo* Meza el del otro lado, el del asiento opuesto al del copiloto, es decir, detrás del chofer.

Una vez que el *profe* Machuca escuchó la voz de partida acompañada por una explosión de cartucho de dinamita, arrancó de inmediato a toda velocidad. El paso de la camioneta levantaba un polvo espeso. Casi al instante Néstor Paz sacó medio cuerpo de la ventana, rastrilló la pistola y se puso a disparar a los globos cuando la camioneta había avanzado medio camino de ida. Una vez que el *profe* Machuca dio la vuelta en *U* derrapando la camioneta como un profesional consumado para continuar por el carril de vuelta, el *gordo* Meza ejecutó el mismo procedimiento porque en ese trayecto los globos, que se movían con el viento, ya se encontraban dentro de su campo de visión.

Tras terminar la prueba, Néstor Paz y el *gordo* Meza, sonrientes, bajaron optimistas de la camioneta convencidos de haber realizado una faena exitosa, tal vez porque las cacerinas se encontraban descargadas por completo. Hasta se felicitaban entre ellos, pero una vez que el polvo se hubo disipado y aclarado el día, comprobaron, desilusionados, que los globos se mantenían intactos. No habían acertado a uno solo.

—Así es. No se preocupen —el instructor intentó motivarlos.

Quien en realidad se llevó los laureles fue el *profe* Machuca porque logró sacarlos de la *zona de muerte* en el tiempo establecido. Quedó claro, luego de los comentarios del instructor, que para escapar de una emboscada dependía de la velocidad de la camioneta y que por lo tanto el objetivo, más que bajarse los globos, era la capacidad de salir de la zona de peligro.

Néstor Paz entendió recién el motivo por el cual otros instructores entrenaban aparte al *profe* Machuca con la camioneta. Los laureles no los recibió de suerte. Con ellos el *profe* Machuca aprendió a entrar y salir de la *zona de muerte*, a escapar, a despejar un carro que estuviera bloqueando el camino, a derrapar al dar la vuelta en *U* y otras técnicas más.

13. La idea

Al medio año de trabajar con su amigo, el margen de utilidad se redujo. El control del precio del dólar originó que la diferencia entre compra y venta ya no era tan importante, situación que no solo preocupaba a Carlos Bazán, sino también a sus empleados.

Fue durante estas circunstancias, poco halagadoras, que, por coincidencia, Néstor Paz volvió a encontrarse con Benjamín Rossi. Debió haber transcurrido seis o siete meses desde la última vez que se vieran, poco antes de que entrara a trabajar con Carlos Bazán. Néstor Paz fue a reunirse con él un fin de semana para ayudarlo con unos capítulos que debía incluir en un proyecto de factibilidad.

—¿Dónde andas? Preguntó Benjamín Rossi después de ponerle en autos acerca de la misión y los objetivos del proyecto.

—Trabajo para un amigo, excompañero de colegio.

La pregunta implicaba el inicio de una conversación trivial y sin sentido, para evitar el aburrimiento, como solía ocurrir cada vez que se reunían para desarrollar trabajos similares.

Néstor Paz, inocente, le refirió, a grandes rasgos, acerca del negocio de cambio de dólares, del peligro, del riesgo, del entrenamiento de seguridad y de su amigo Carlos Bazán.

Lo que Néstor Paz no pudo haberse imaginado, ni siquiera por un instante, que en esta oportunidad la conversación, algo intrascendente en apariencia, lo llevaría a cambiar el modo de ver el mundo.

—Oye. ¿Por qué no le hablas a tu amigo de un negocio que tengo justo para él?

—¿De qué se trata?

Así que Benjamín Rossi le vendió primero a Néstor Paz la idea del gran negocio que no lo dejaba dormir.

—Fíjate. Tú sabes que he tenido acceso a una serie de proyectos. Entre estos he ubicado un asentamiento minero en Jaquí, Arequipa, cerca del departamento de Ica. Unos minutos más allá del pueblo, en dirección de la cordillera, existe una mina abandonada que los gringos dejaron cuando ahí bajó la producción del oro. Con la mina también dejaron un relave que estuvo acumulándose durante los muchos años de explotación. Ese relave, de miles y miles de toneladas, posee un buen contenido de oro, de 2.5 gramos por tonelada, que solamente hay que sacarlo.

Para ese entonces Néstor Paz no sabía nada acerca de minas, no sabía qué era un relave, no tenía idea de cómo se extraía el oro ni como se vendía ni cuál era el mercado ni menos su precio. Nunca había leído algo acerca de minas ni había cruzado alguna conversación con un minero, pero lo que sí sabía, no solo por su especialidad sino por sentido común, que todo negocio funciona cuando los ingresos son mayores que los egresos.

—Bueno, yo no sé. Déjame hablar con él.

Ese lunes temprano Néstor Paz habló con su amigo. Le refirió acerca de Benjamín Rossi, de su proyecto del relave y de los escasos detalles que había logrado entender.

—Si te interesa —le dijo al finalizar—, lo busco para que se reúna contigo.

—No. Que se reúna con los dos.

Así que dos o tres días después se reunieron en la oficina de Carlos Bazán. Fue por la tarde. Ahí, Benjamín Rossi se explayó tanto acerca de las minas y describió los procesos técnicos con tanta precisión que en realidad Carlos Bazán y Néstor Paz no entendieron casi nada, aunque rescataron algunos conceptos con los que se pusieron a analizar poco después.

—Tenemos la posibilidad de levantar un gran negocio —continuó Benjamín Rossi—, que puede darnos muchísimo dinero. Solo hay que recoger el oro porque el relave es de libre disponibilidad. No es de nadie. Lo único que debemos hacer es ejecutar el procedimiento para extraerlo. Con más de dos millones de toneladas de relave, ¿se imaginan ustedes lo que obtendríamos si por cada tonelada logramos extraer 2.5 gramos de oro? Por lo menos cinco toneladas.

A Carlos Bazán se le abrieron los ojos.

—Nos estás hablando de algo que ni siquiera nos imaginamos porque nunca hemos visto eso —interrumpió Néstor Paz—. ¿Por qué no hacemos algo más inteligente? Te propongo viajar a donde dices para que puedas mostrarnos en el mismo sitio todas esas cosas. ¿Qué te parece?

Como a Carlos Bazán le gustó la idea, a Benjamín Rossi no le quedó otra opción que aceptarla.

14. A Jaquí

El viaje ocurrió el jueves por la tarde de la semana siguiente. Subieron a la misma camioneta que utilizaba Néstor Paz para el trabajo cotidiano. Por supuesto que al volante ya se encontraba su hombre de confianza: *el profe* Machuca.

Partieron después de terminar las operaciones del día. Como a las cinco de la tarde tomaron la carretera Panamericana sur. Sin parar en el camino llegaron a Nazca casi a medianoche; se hospedaron en un hotelito, cerca del hotel de turistas.

Temprano por la mañana continuaron por la Panamericana Sur. Aunque en el tramo de Lima a Nazca hablaron de cosas intrascendentes, por este otro, desde Nazca hacia Jaquí, sostuvieron una conversación que Néstor Paz asimiló con mucho interés.

—¿Saben que a partir de Palpa y Nazca y hacia el sur este, toda es una zona informal de minería de oro? Un oro medio verdoso aparece desde la zona de Ica y conforme avanzamos al sur, hacia Arequipa y Ayacucho, el oro se vuelve cada vez más amarillento —comentó Benjamín Rossi.

—¿Cuál es el origen de esta minería informal? —intervino Carlos Bazán.

—Como existen minas abandonadas por compañías extranjeras, los mineros que trabajaban ahí se quedaron tal vez porque no tenían a donde ir o porque albergaban la esperanza de encontrar alguna veta, mejor algún *bolsón*, así que continuaron explotándola, pero de modo artesanal. Después solían llegar otros, por lo general desde zonas aledañas.

—¿Sucedió en Jaquí?

—También en Jaquí.

Durante esta parte del viaje Néstor Paz iba atento del camino y de los pormenores que podían servirle como referencia. En cuarenta y cinco minutos cruzaron el desvío que va a Marcona y en una hora más llegaron al de Yauca. Si tomaban ese desvío, en media hora llegarían a Jaquí, pero antes, a orillas del lado izquierdo del camino, observaron a tres o cuatro mujeres vendiendo, cada una, aceitunas y galletas de agua. Una de ellas, algo corpulenta y de edad bastante avanzada, vestía de mandil rosado. Se encontraba sentada en una silla de paja junto a unos toneles azules.

Ahí se bajaron para comprobar que las galletas de agua no eran otra cosa que unas galletas duras, pero que al comerse con las aceitunas, que la señora de mandil rosado las extraía de uno de los toneles azules para llenarlas en bolsas pequeñas de plástico, les pareció una delicia. No les importó la dureza de la galleta ni el plástico sino el manjar que podían disfrutar en ese momento. Terminado el desayuno, Néstor Paz miró su reloj. Iban a dar las ocho de la mañana.

Tomaron el desvío, atravesaron un pequeño valle de olivos, sortearon las cuatro o cinco calles angostas del pueblo de Yauca y dejaron las últimas casas de adobe y esteras hasta encontrarse en unos minutos en medio de las tierras áridas de esa parte de la provincia de Caravelí.

«Solo alacranes, culebras, arañas u otros bichos pueden vivir en esa zona», pensó Néstor Paz.

Avanzaron por un camino que parecía haber sido dibujado por la naturaleza y no por el hombre porque más era un acceso carrozable que una carretera trabajada. El paisaje se presentaba como una llanura inhóspita, aunque a lo lejos, más adelante, hacia el este, en dirección de la cordillera, se apreciaban dos lomas como cerros no tan elevados y cuya carretera insinuaba cruzar por entre ambas.

Motivados ante la cercanía del objetivo, continuaron por un camino que de tramo en tramo debían descubrir ante la mimetización con el desierto, pero que solo podían distinguir por las huellas que otros autos o camiones dejaban a su paso.

Buscaron un espacio al costado del camino para que otro carro pudiera franquear en sentido contrario. Era un punto en que la carretera, que había tomado una forma sinuosa, se estrechaba entre los cerros por el lado izquierdo y un riachuelo de escaso caudal, de unos diez a quince metros de ancho, por el derecho. Vadearon el arroyo y continuaron, como en un corredor, entre otros cerros largos y extendidos a ambos lados antes de visualizar, minutos después, por las estructuras de las casas, la entrada al pueblo de Jaquí.

Tras ingresar y recorrer lento, llegaron, dos cuadras después, a una plazuela que era una suerte de plaza principal porque en las calles laterales se encontraba un puesto policial, un restaurante humilde y las oficinas del municipio distrital. Al observar más allá de los techos, pudieron advertir, recién, que Jaquí se encontraba enclaustrado entre cerros, como si se ubicara en el fondo de una olla natural.

«Si seguimos avanzando hacia el este», pensó Néstor Paz, «descubriremos cerros más pronunciados porque apenas debemos estar rascando las faldas de este lado de la cordillera de los andes».

15. El gran relave

Bordearon la plazuela; continuaron hacia el este, en dirección de la cordillera de los andes. Dejaron atrás Jaquí. Avanzaron media hora o algo más hasta casi toparse con un cerro aislado, enorme, como un morro gigante y otro de menor tamaño, más allá, sobre el que se encontraban dispuestos una especie de tolva, depósitos y oficinas de la minera norteamericana que años atrás abandonara la explotación de esa zona.

Se estacionaron en un claro, bajaron todos y los tres, Carlos Bazán, Néstor Paz y *el profe* Machuca, rodearon a Benjamín Rossi justo cuando con el dedo índice de la mano derecha señalaba el cerro grande.

—Este es —dijo—. Este es el relave que cada día, cada semana y cada mes, durante muchos años de explotación de la mina, fue acumulándose aquí.

Así que, ignorante en el negocio de la minería, cuando se encontró frente a frente con el gran relave de decenas de metros de largo por otras tantas de altura, Néstor Paz no se maravilló, sino que se asustó. Primera vez en su vida que veía algo monstruoso, es más, ni siquiera sabía que existían. De inmediato percibió un caos en su cerebro, pero por fortuna le surgieron preguntas ante las tantas dudas que se le presentaban. Sintió el deseo inminente de tocar y presionar con la mano.

—Es dura como una piedra.

—Claro que es dura. Es mineral, y si se fijan bien —prosiguió Benjamín Rossi—, podemos quedar que tiene la forma de un cono con la punta hacia arriba como aplastada y, si somos algo conservadores, podríamos estimar su tamaño de unos sesenta metros de altura por unos doscientos cuarenta de diámetro.

Sacó su calculadora de mano y se puso a calcular.

—A ver —continuó—. Con estos datos, el volumen es pi por sesenta metros, por ciento veinte al cuadrado y entre tres, obtenemos poco más de novecientos mil metros cúbicos. Quedemos en ochocientos mil, a tres toneladas por metro encontramos que este relave pesa por lo menos dos millones de toneladas, a 2.5 gramos de oro por tonelada, entonces podemos concluir que aquí nos encontramos por lo menos con cinco toneladas de oro. Es una fortuna. Y solo hay que sacarlo. Esta ahí, a la vista. Delante de nosotros. ¿No es un regalo?

Si de nuevo a Carlos Bazán se le abrieron los ojos porque imaginaba a esas cinco toneladas convertidas en lingotes y barras de oro puro, o tal vez convertidas en moneda constante y sonante, no así a Néstor Paz que ya se había recuperado de su primera impresión, aunque todavía guardaba ciertas interrogantes. Una de ellas, que provenía del sentido común, era conocer el motivo por el cual la compañía norteamericana abandonó esa mina y ese relave que guardaba varias toneladas de oro. La otra era acerca de la ganancia, pero no preguntó en ese momento, sino que se dispuso a escuchar.

Entonces Benjamín Rossi se explayó con el proceso de recuperación y la técnica del carbón activado y las piscinas de cianuro y así, por un tiempo interminable, para demostrar de ese modo sus conocimientos indudables de experto en la materia. A pesar de no entender nada, los oyentes se armaron de paciencia, aunque no por mucho tiempo porque viendo que Benjamín Rossi agotaba su exposición de motivos técnicos, Néstor Paz intervino con la pregunta que le parecía bastante razonable:

— ¿Hay plantas cerca de aquí que se dediquen a la recuperación del oro con esa técnica del carbón activado?

—Bueno sí, hay tres en Nazca.

— ¿Sabes de su capacidad instalada?

—Tengo entendido de cinco toneladas por día cada una.

Como Néstor Paz era realista, y práctico, de inmediato se volcó a los números en su calculadora de mano en tanto sus acompañantes observaban el cerro del relave.

Considerando un almacenaje de no más de cinco toneladas por día, con una producción optimista de dos gramos y medio por tonelada como afirmaba Benjamín Rossi, entonces la recuperación del relave ascendería a 375 gramos mensuales por planta, o poco más de un kilo por mes entre las tres plantas. Entonces, se requerirían unos cinco mil meses porque cinco son las toneladas previstas de oro, y si dividimos entre doce meses entonces necesitaremos cuatrocientos dieciséis años para procesar los dos millones de toneladas de relave.

«Había que ser bien tonto para no darse cuenta de que la capacidad instalada con que podían contar era exigua, además de que, en el mejor de los casos, para llevar el relave desde Jaquí hasta Nazca se requerirían muchos volquetes, además del trabajo del movimiento de tierra para convertir la trocha en un camino viable. Parece demasiada inversión inicial».

—Nos gustaría saber cuánto es lo que cuesta sacar de aquí los dos gramos y medio de oro y, por otro lado, a cuánto se podría vender.

«Si la diferencia es interesante, entonces el negocio podría ser bueno», pensó Néstor Paz. «A mí no me interesa cómo se saca el oro sino cuánto cuesta. Es simple, sumas, restas y eso es todo».

Como Benjamín Rossi respondió con evasivas, o porque no sabía o porque no quería decirles, quedaron en regresar y analizar la situación antes de responderle si Carlos Bazán entraba al negocio.

Néstor Paz regresó intranquilo, porque si alguien conoce un negocio como el que se estaba proponiendo, debía contar con más información pues ¿cómo era posible vender un proyecto de inversión si el proponente no cuenta con una información concreta y convincente como para persuadir a la persona que está proponiendo?

II. Mercurio por oro

16. Temprano

5:30 A.M.

A Néstor Paz le gustaba madrugar para evitar el tráfico. En vez de retroceder hacia el noreste hasta la Carretera Panamericana en dirección a Nazca, como era su trayecto habitual durante las primeras semanas de pernoctar en Marcona, utilizaba ahora la variante hacia el sureste que circundaba la pista de aterrizaje del aeropuerto de la marina siempre y cuando no arreciaran los vientos paracas (vientos alisios que soplan del sureste hacia el noroeste). Estos solían ocurrir durante el invierno y primavera. Aunque era un camino carrozable, le ahorraba poco más de media hora.

Así que, ese día aciago empezó temprano. Néstor Paz se levantó a eso de las cinco y media de la mañana. No pudo lavarse porque no hubo agua. No era frecuente, pero Marcona sufría de este problema, de la falta de agua en los momentos más inoportunos, dos o tres veces al mes. Salió a hurtadillas de la casa del hermano, condujo la camioneta hasta el hotel en donde los tres acompañantes debieran esperarlo, pero no. No lo esperaban.

«Estos carajos otra vez», renegó como casi todas las mañanas.

Néstor Paz tuvo que subir al segundo piso, tocar la puerta de cada habitación y esperar en la camioneta como si fuera el subalterno. Finalmente, después de casi quince minutos, bajaron los tres vestidos con bluyines, polos, botines de campo y casacas obligadas para ocultar las pistolas y abrigarse durante la noche. Se esperaba un clima bueno, fresco, como el día anterior. Ni frío ni caliente.

Néstor Paz vestía camisa suelta. Le bastó fruncir el ceño y un movimiento de cabeza hacia un lado y hacia el otro para reprenderlos. Eso fue todo. Le pareció suficiente. No era necesario mayor escarmiento porque los consideraba buenos elementos, de confianza, que harían lo imposible por defenderlo en caso de peligro inminente, además de que entendía acerca del aburrimiento y la soledad al verse obligados a permanecer lejos de sus familias. Al menos él contaba con su hermano que podía visitarlo por las noches.

El *profe* Machuca se ubicó en el asiento del piloto, Néstor Paz en el del copiloto y los otros dos en el asiento posterior, de modo que, sin asearse los cuatro, porque en el hotel tampoco hubo agua, enrumbaron a Jaquí con escala en Yauca y ya no a la entrada, en la carretera Panamericana en donde Néstor Paz saboreó por primera vez las aceitunas con galletas de agua cuando fueron con Benjamín Rossi y Carlos Bazán en busca del gran relave.

Durante el recorrido por la variante, la que va hacia el sureste y que circunda la pista de aterrizaje del aeropuerto de la marina, no encontraron ningún montículo ni duna que los vientos paracas hubieran traído y que les obligara a regresar para tomar la ruta larga. No era la época de los vientos fuertes de Ica que suelen venir cargados de arena.

En Yauca estacionaron la camioneta a un costado de un restaurante sencillo, pero bastante frecuentado, tal vez porque era el único o porque se encontraba rodeado de varios quioscos que ofrecían comida al paso. Es posible que abrieran el restaurante para aprovechar de los quioscos ya ubicados o estos rodearon al restaurante para hacerle la competencia. Vaya uno a saber.

La pared era de adobe despintado y el techo de calaminas grises y carcomidas por el tiempo. No les importaba que el piso fuera de tierra y regado con agua para que no levantara polvo, pero sí renegaban cuando en vez de agua regaban con kerosene puro o mezclado con agua. De una u otra forma el olor a combustible se percibía penetrante.

Nunca le encontraron una explicación fehaciente que justificara ese tipo de riego y tampoco se les ocurrió preguntar. Esa mañana no renegaron, aunque encontraran el piso con olor a kerosene. No tuvieron necesidad ni tiempo porque en vez de hacerlo se turnaron los cuatro para asearse en el baño.

Se sentaron en unas sillas de paja alrededor de una mesa cuadrada pequeña cubierta por un mantel de hule descolorido y liviano, tanto que si soplaba el viento fuerte de la mañana hubiera salido volando, con cubiertos y todo. Ordenaron lo que les apetecía. Esa mañana desayunaron galletas de agua, pan con relleno, aceitunas, queso y café.

Cada vez que llegaban a Yauca se le hacía agua la boca de tan solo pensar en esas aceitunas con galletas. Una delicia. Las aceitunas las sacaban con cucharones de un cilindro de plástico azul con tapa negra de un metro o algo más de altura en reemplazo de las botijas tradicionales en las que guardaban las aceitunas en los olivares.

Las aceitunas, que eran grandes y carnosas, las servían en unos platillos.

17. A Jaquí

8:00 A.M.

Tras terminar, los cuatro salieron con aceitunas en bolsas de plástico y galletas de agua para entretenerse en el camino, bordearon la hondonada del olivar de Yauca, que podían ver a la derecha del camino. Continuaron por la carretera carrozable a no más de cuarenta kilómetros por hora.

Zigzaguearon a un costado y a la derecha del cerro alto y escarpado y desde donde debieron reducir la velocidad a menos de veinte kilómetros por hora. Cruzaron el riachuelo. Esa parte de la carretera carrozable se encontraba bastante dañada con innumerables huecos y baches. Ir más de prisa implicaba que todos brincaran involuntariamente del asiento con el riesgo de golpearse la cabeza contra el techo de la camioneta.

Llegaron a Jaquí como a las ocho y media de la mañana. Todo se veía tranquilo. No había ningún indicio de que les hiciera pensar que habría algo distinto a comparación de los otros días. Uno que otro borracho en la plazuela principal, algunos caminantes y nada más. No había por qué preocuparse.

No se detuvieron en la plazuela ni en ningún quimbalete, sino que se dirigieron directo hacia el local de la señora Juana Ibarra. Néstor Paz entró solo en tanto que los otros tres esperaron en la camioneta.

El salón se encontraba vacío, así como el corralón de los quimbaletes, porque no escuchó ningún ruido que le insinuara que minero alguno ya estuviera trabajando ahí. La saludó.

—Buenos días, señora Juana. No se olvide del almuerzo. Somos cuatro.

—Buenos días don Néstor. ¿Para las dos de la tarde como siempre?

—Sí, señora. Para las dos. Poco más o poco menos.

—No se preocupe don Néstor. Estará listo para esa hora.

Comenzaron el recorrido por los corralones que proveían de quimbaletes a los mineros. Entraron a cada uno de ellos. Conversaron con los que encontraba ahí.

El diálogo se resumía en el compromiso de venta:

—¿Esto es mío? —preguntaba Néstor Paz.

—Sí. La producción es suya.

La gente ya lo aceptaba. El asentimiento se había convertido en un compromiso y el ofrecimiento en un trato, a diferencia de los primeros días en que la palabra no valía nada, tal como su presencia.

El tiempo sirvió para que Néstor Paz les garantizara una confianza certera gracias al precio justo que ofertaba y cumplía durante los meses que venía trabajando en Jaquí. Gracias también a que cada día aseguraba y reconfirmaba la confianza. Esta práctica, que Néstor Paz implementara con bastante tolerancia y disciplina, se había convertido en un trabajo rutinario y obligatorio, además de provechoso.

El objetivo de visitar cada quimbalete, claro está, era, además de congraciarse con los mineros y arrancarles el compromiso de venta, el de estimar en la mente la producción en gramos de las charpas de oro considerando dos variables: el tamaño de la primera bolita que extraían de la media nylon y el volumen del material con el que trabajaban.

Apenas salía de cada corralón, dictaba al *gordo* Meza la cantidad de oro que estimaba.

De ese modo Néstor Paz se había convertido en un consuetudinario estimador. Sus cálculos eran con frecuencia acertados. El método que utilizaba era muy sencillo.

Si se armaba de paciencia, el secreto radicaba en observar. Al tiempo que conversaba con los mineros, Néstor Paz prestaba atención la forma que depositaban el material al quimbalete, cómo lo molían, cómo llenaban la media nylon con el oro negro, cómo recuperaban el mercurio y, finalmente, cómo obtenían las bolitas antes del fogueo. También, cómo limpiaban el quimbalete, cómo volvían a depositar el material y así hasta obtener una idea del volumen de oro que podrían conseguir.

En donde evaluaba que el volumen de oro podría ser grande, o más o menos atractivo, su interés era mayor y por lo tanto invertía ahí el mayor tiempo posible.

Terminada la etapa de las visitas a los quimbaletes, se fueron a almorzar donde Juana Ibarra. Antes de llegar, el *gordo* Meza cantó, como ya era costumbre, la cantidad de oro que esperaba comprar durante el día.

—173 gramos.

18. El consultor

Con mucho pesar tuvo que admitir que el amigo Rossi lo había decepcionado. ¿Cómo podía ser posible que los hubiera llevado al gran relave sin información previa que le sirviera para negociar?

Ya en Lima, el lunes temprano por la mañana, en la oficina de Carlos Bazán, Néstor Paz inició el diálogo:

—¿Sabes qué? He regresado de Jaquí algo mortificado. No se me cuece el asunto. No te quiero decir que no es un buen negocio, pero me da la impresión de que Benjamín Rossi ha querido jugar con nosotros, como si su intención fuera tomarnos el pelo. Esa creo es la razón por la cual he regresado mortificado. ¿Qué te parece si antes de darle la respuesta nos vamos de nuevo a Jaquí, pero solos? Sin él, por supuesto. Podría ser este viernes. Para eso me voy a dedicar durante estos días a profundizar acerca de este negocio.

—Mejor ve tú. Que te acompañe el *profe* Machuca, observa la situación y después me informas. Si vale la pena entonces veré de donde consigo los recursos.

Así que, con la venia de Carlos Bazán y sin pérdida de tiempo, Néstor Paz decidió consultar primero a un especialista. Recurrió a un amigo que había estudiado ingeniería de minas en la Universidad Nacional de Ingeniería. Después de ubicarlo, acordaron encontrarse en el Café Haití, a unos pasos del Óvalo de Miraflores.

Cerca de las ocho de la noche del día siguiente, acomodados en una mesa exterior del restaurante, con café y sándwich de asado recién servido, a grandes rasgos Néstor Paz le refirió a su amigo acerca del proyecto que llevaba entre manos.

Su amigo le expuso en un lenguaje sencillo acerca del relave y de los sistemas de recuperación. A pesar de la simplicidad de las palabras y de haber entendido de modo superficial, reconoció Néstor Paz que la información le era insuficiente. Necesitaba contar con datos firmes y razonables que le pudieran sacar del embrollo que le significaba el tema.

Esperaba una información esperanzadora. Un dato, no importaba exiguo, pequeño, cualesquiera, que pudiera darle sentido al proyecto. Pero no. Ese dato nunca llegó. Más bien lo vio esfumarse tal vez porque entendió, finalmente, que no valía la pena continuar con el proyecto, sobre todo, después de escuchar las palabras lapidarias:

—Si la extracción del oro de ese relave fuera rentable, ¿crees que esa mina hubiera sido abandonada?

Entendió entonces de forma clara, eso sí, que como el procedimiento era lento y como no habría posibilidad de realizarlo en el mismo sitio en que se encontraba el relave, quien se atreviera a entrar a ese negocio tendría que asumir grandes inversiones enfocadas, en especial, en la extracción, transporte y plantas de recuperación.

Era tanto el dinero necesario que el sentido común le decía que, a Carlos Bazán, a pesar de sus buenas intenciones, le sería imposible siquiera pellizcar algo de esas inversiones. En el caso de poder hacerlo, su recuperación se vería riesgosa, tal como lo sentenciara su amigo.

Esa fue la conclusión a la que llegó tras esta conversación.

«Pero qué mala suerte», pensó Néstor Paz.

Después de despedirse, Néstor Paz cruzó hacia el Parque Central de Miraflores y caminó hasta el Parque Kennedy. Ahí se sentó en una de las bancas para meditar acerca de su futuro que de nuevo se vislumbraba incierto. No podía apartar de su mente ni a su esposa ni a sus dos hijos adolescentes. La casa de cambio ya no arrojaba las mismas ganancias del año anterior y la cantidad de las operaciones mayores se habían reducido.

Las personas que transitaban cerca de él se mostraban despreocupadas, sin problemas. Una pareja venía comentando una película que acababan de ver. Logró escuchar que se trataba de un hombre que, a pesar de sufrir de parálisis cerebral, aprendió a usar su pie izquierdo para escribir y pintar. Intrigado, se levantó de la banca en donde se había mantenido sentado por media hora, tomó el rumbo por donde la pareja hubo venido hasta llegar a un cine conocido de Miraflores.

Tras ver la cartelera compró una entrada e ingresó, tal vez para despejarse o para tomar nuevos aires. Al finalizar, casi dos horas después, Néstor paz reflexionó acerca de las oportunidades que cada uno se permite con solo confiar en el futuro. «Conservo mis dos pies, mis dos manos y un cerebro saludable, suficiente para poder trabajar». Al día siguiente, miércoles, más animado, retomó la conversación con Carlos Bazán.

—¿Sabes qué? Esto no se me cocina.

Le transmitió los pormenores del encuentro con su amigo, experto en minería, y las conclusiones a la que había arribado.

—Aunque son solo conjeturas. Vamos, conversemos con la gente del lugar, indaguemos lo que sea a ver qué pasa. Recuerda lo que nos dijo Benjamín Rossi, que Jaquí es una zona de minería informal.

—Yo no hago más ese viaje —le respondió Carlos Bazán con cierta firmeza—. Es muy pesado. Ve con el *profe* Machuca, tómate tu tiempo, haces lo que creas más apropiado y luego vienes y me informas.

19. Indagaciones

Apenas llegaron a Jaquí, en el segundo viaje, se estacionaron al borde de la plaza principal, parque, o plazuela, en fin, ¿cómo podría llamársele a un parque sin áreas verdes?

—Voy a caminar a ver qué encuentro. Quédate cuidando la camioneta —ordenó al *profe* Machuca antes de bajar.

—¿No vamos al relave?

—No vale la pena.

Néstor Paz se puso a caminar solo y tranquilo. Como no llevaba dinero, no podría pasarle nada. Tampoco estaba apurado. Más bien ansioso. ¿Qué podría ocurrirle por esas calles desiertas?

Se dirigió a la entrada, hacia occidente, por donde habían llegado, dos cuadras antes de la plazuela, en una vía sin asfaltar y sin veredas, como todas las calles de Jaquí. Mantenía los oídos y los ojos atentos.

Durante ese corto trayecto no vio nada que llamara su atención, excepto algunos terrenos baldíos y unas casas semiconstruidas, dos o tres (porque junto al frontis de estas se encontraban montículos de arena y gravilla). Se cruzó con unos parroquianos que no le devolvieron el saludo. Al final de ese tramo dio media vuelta para dirigirse a la salida, hacia el este, en dirección de la cordillera.

Desanduvo las dos cuadras, continuó por la plazuela y ahí levantó la mano para indicarle al *profe* Machuca que seguía vivo. Reinició su caminata por ese otro lado de la calle, solitaria también o quizás habitada por almas infelices. Divisó tres cuadras más desde la plazuela. Notó que en esta parte del pueblo los lotes de terrenos, aunque no todos, se encontraban cercados por muros de piedra y barro de metro cincuenta centímetros a dos metros de altura.

A paso lento giró sobre su mismo sitio, algo des-alentado, vacío. No distinguió a nadie, solo a la camioneta estacionada a un costado de la plazuela, a las mismas calles carrozables y desiertas y a las caras sucias de las casas y terrenos estériles que más parecían cubrir espacios aban-donados que centros de vida.

No era mucho lo que hubo avanzado desde la pla-zuela, tal vez treinta metros, no más, cuando por sobre uno de esos muros descubrió la cabeza de un hombre, que no era una quieta o tranquila como la de alguien que pu-diera encontrarse normalmente parado dentro de uno de esos terrenos cercados. Era una cabeza moviéndose hacia arriba y hacia abajo, en vaivén, seguido por un ruido ex-traño, como el de un traqueteo de piedras.

Curioso, Néstor Paz se asomó. Tras empinarse pudo observar, por sobre ese muro, a un hombre que, en efecto, o saltaba desde una cama elástica o tal vez se en-tretenía en uno de esos *subibajas* de los parques de juegos para niños. Al instante le pareció difícil creer que un hom-bre adulto y en un pueblo olvidado pudiera jugar en una cama elástica o en un *subibaja*.

«¿Entonces qué está haciendo?».

Como no podía ver por debajo del cuello de ese hombre, caminó unos pasos hasta llegar a la puerta de en-trada, que más que una puerta era un hueco con maderas atravesadas cubiertas de paja. Bastó moverla sin esfuerzo para ver desde ahí un panorama extraño.

20. Quimbalete

Quedó sorprendido ante una piedra semi embu-tida dentro de una poza, a primera vista ovalada, que daba la apariencia de un huevo gigante, pero plana en la parte superior y curva en la inferior.

Estimó el tamaño: algo de metro y medio tanto de alto como de largo y de unos ochenta centímetros de ancho. Sobre esa piedra, por el lado plano, es decir, por la parte superior, un tablón de madera de unos dos metros de largo se encontraba amarrada y ajustada con cuerdas contra un eje de fierro que atravesaba la piedra longitudinalmente. El hombre se balanceaba en un extremo del tablón. Al balancearse, obligaba a la piedra ovalada a balancearse a su mismo ritmo y esta, a su vez, causaba el ruido acompasado del traqueteo de piedras.

Néstor Paz dedujo, con una mirada rápida, que la base cóncava de esa piedra, que se veía como una tina, servía para facilitar el movimiento en báscula de la piedra ovalada. Para mantenerse en equilibrio, con una mano el desconocido se apoyaba en el travesaño de un arco de madera rudimentario.

«¿Qué está haciendo este hombre?», se preguntó de nuevo, más intrigado que antes. «Es un *subibaja*, pero se ve que no está jugando». «¿Estará moliendo piedras?». «¿Para qué?». «¿Estará acaso preparando gravilla para las casas en construcción?».

Néstor Paz, que no tenía la más remota idea de qué era aquel espectáculo que veía, se animó a indagar.

—Buenos días —saludó acercándose.

—Buenos días —contestó el desconocido con una ligera sonrisa.

Otro hombre, al parecer su compañero, que vestía ropa color caqui, se encontraba cerca, en un pozo de agua llenando un balde de plástico rojo. El balde con agua lo llevaría en unos instantes a la poza en forma de tina de otro sistema similar ubicado a unos metros del primero.

El desconocido, de facciones indígenas, como su compañero, vestía camisa tipo franela amarilla, jean azul desteñido y sucio y zapatillas grises empapadas de barro. Se cubría la cabeza con una gorra quepí color verde militar. A menor distancia le fue fácil distinguir las facciones, y si bien pudo estimar que ambos debían contar con más de cincuenta años, le impresionó el color cenizo de sus rostros.

«Deben padecer de la misma enfermedad», dedujo apenado. «Tal vez por la mala alimentación».

Aunque extrañado por esos rostros enfermos, Néstor Paz prefirió preguntar acerca del asunto que le interesaba conocer.

—Me ha llamado la atención su trabajo. ¿Qué estás haciendo?

—Estoy quimbaleteando.

—¿Quimbaleteando?

—Sí. Quimbaleteando. ¿No sabe qué es un quimbalete? —respondió con otra sonrisa.

—No. Nunca lo he visto.

—Soy minero. Traigo mineral de cabeza.

—¿Qué es mineral de cabeza?

—Sacamos oro en rocas. Para poder extraer ese oro tenemos que moler las rocas.

—¿Dónde la muelen?

—¿No ve? Acá. En el quimbalete.

—¿En el quimbalete?

—Lo que usted está viendo es un quimbalete, señor, la poza —señaló hacia abajo— y el *macho* —señaló a la piedra ovalada.

—Ya veo.

—El *macho* es una piedra que debe tener forma ovalada en su base para poder moverlo hacia un lado y hacia el otro, como puede ver, por eso utilizamos este tablón que sirve para balancearlo. Así podemos triturar con facilidad el mineral de cabeza que hemos depositado abajo, en la poza.

La poza y el *macho* le recordó a Néstor Paz al batán de piedra que su madre utilizaba en la cocina para moler pimienta y ají, pero que éste le parecía enorme.

—Entiendo.

—Pero antes tenemos que reducir el tamaño del mineral de cabeza con mazo y cincel. ¿Ve el mazo y el cincel ahí? —Señaló a unos metros del quimbalete— ¿y ve esa piedra grande a su lado?, ¿ve que parece una mesa?

Néstor Paz asintió.

—Es el yunque de piedra. Ahí vaciamos el mineral que traemos en sacos, ¿los ve? —señaló unos cuatro o cinco sacos de yute llenos de mineral recostados sobre el muro, otro por la mitad, y otros dos vacíos esparcidos por el suelo.

—¿De dónde los traes?

—De los socavones de las minas.

—¿Socavones?

—Son las galerías que trabajamos para seguir el hilo de la veta que nos lleve a un *bolsón* de oro.

—¿Han encontrado algunos?

—Ojalá.

Dicho esto, se retiró del tablón con doble salto, el primero sobre el borde de la poza y el otro en el suelo y, tras dar unos pasos, el minero tomó el saco que se encontraba por la mitad, vació un poco de su contenido sobre el yunque de piedra, tomó el mazo por el mango y se puso a golpear el mineral. Cuando era necesario, según le parecía a Néstor Paz, el minero tomaba el cincel que golpeaba con el mazo.

Estuvo así por varios minutos, trabajando sobre la base de este procedimiento hasta lograr reducir los pedazos grandes del mineral en pequeñas piedrecillas, las colocó en un balde de plástico que a su vez lo vació en la poza del quimbalete. Este procedimiento lo repitió dos o tres veces hasta dejar vacío el saco que se encontraba a medio llenar.

Con el mismo balde echó agua a la poza, varias veces, hasta calcular en forma empírica que la mezcla del mineral con agua era la apropiada. Entonces echó un líquido plateado de una botellita que extrajo de su bolsillo.

—Oye. Eso es mercurio —advirtió Néstor Paz.

—Sí. Es el mercurio que se necesita para que pueda absorber las partículas de oro. Es el amalgamiento.

De doble impulso subió de nuevo al tablón para continuar con el proceso del quimbaleteo.

—Aquí estaré algo de media hora hasta pulverizar el mineral. Si usted quiere se puede quedar para explicarle cómo consigo el oro.

21. Charpa de oro

Néstor Paz permaneció callado al tiempo que observaba al minero bamboleándose en el quimbalete.

Transcurrido algo de media hora, el minero bajó con el mismo doble salto.

—Creo que ya está —dijo.

Retiró un tapón de la parte lateral inferior de la poza por donde escurrió por un orificio, como una suerte de desagüe, la mezcla barrosa de agua y desecho del mineral que debía llegar a otra poza rectangular dispuesta a un metro o algo más del quimbalete. Casi de inmediato reguló ese flujo ayudado por un trapo que introducía y extraía del orificio. Este evento lo realizaba con mucho cuidado porque no despegaba la vista de la mezcla barrosa que se escapaba por gravedad hasta la poza rectangular.

—Es el relave —dijo—. Una vez que salga todo el líquido, en esta media de nylon voy a meter el barro negro que quede en el fondo de la poza, voy a exprimir el mercurio y, por último, voy a foguear la bola que haya quedado. Usted observe nomás.

—¿Para qué usas ese trapo en el orificio?

—Para evitar que algo de oro sin amalgamar se pierda con el relave.

—Enséñame el barro.

Con una palanca de fierro ladeó el *macho* del quimbalete, tomó una piedra no tan pequeña que le sirvió como cuña porque la colocó entre aquella y la poza. A la vista se presentaba un barro gris oscuro.

—Ahí está el barro.

—Es negro —Confirmó Néstor Paz.

—Es lo que dije. Barro negro.

Tras recogerlo, primero con un tarro metálico y después con la mano, lo fue embutiendo dentro de la media de nylon. El mismo proceso lo repitió en el otro lado del quimbalete. La media adquirió la forma de una bola como del tamaño de su puño.

—Ahora lo voy a exprimir sobre esta tinaja. El líquido que extraiga de aquí será el mercurio que estaré recuperando.

—¿Qué cantidad de mercurio recuperas?

—La mitad, o un poco más.

—¿No usas guantes?

—¿Para qué? —respondió con otra sonrisa.

Se puso a exprimir la media de nylon. Conforme iba apretando la bola con sus manos infinidad de veces, en diferentes posiciones y por varios minutos, gotas de mercurio caían a la tinaja. El tamaño se redujo como al de una bola de tenis de mesa, o algo más pequeña. Tras extraerlo de la media, se lo mostró a Néstor Paz.

—Sigue siendo de color negro —exclamó éste—. ¿Qué es?

—Es el oro.

—Cómo va a ser si el oro es amarillo.

—Todavía está mezclado con mercurio. Ahora va a ver.

El minero dejó el *oro negro* dentro de un crisol de cerámica en forma de plato, tomó un soplete a kerosene con llama gruesa e inició el fogueo de esa bola, pero lo que estaba quemando, dedujo Néstor Paz, no era el oro sino el mercurio.

Al ver el humo y tras llegarle un olor como de aceite de cocina quemado, sofocante y desagradable, aunque no era hediondo, pero que le pareció como un ácido porque lo sintió hasta la garganta, corrió hacia una esquina en donde el viento no soplara en esa dirección.

—¡Oye! ¡Eso es veneno!

—No pasa nada —contestó impasible el minero al tiempo que era envuelto por la neblina del vapor de mercurio color grisáceo.

Néstor Paz prefirió no insistir, no vaya a ser que el minero se incomode, así que se dispuso a mirar desde el rincón en que se hubo situado. Al instante aparecieron algunos puntitos amarillos que iban aumentando en tamaño.

—Ya está —dijo el minero.

Era una piedra irregular amarillenta, opaca, reducida tal vez a la décima parte, como del tamaño de una chapa de botella, con puntos negros, como poros. Se lo mostró a Néstor Paz.

—Es una charpa de oro.

—¿Charpa de oro?, ¿lo puedo sostener?

—Claro —y se lo dio.

Néstor Paz observó ensimismado el metal precioso de forma irregular que sostenía entre sus manos. Lo sopesó. «No debe pesar más de media onza», calculó. «Tal vez menos».

—¿Y qué haces con esto? ¿Te lo llevas a Lima o qué?

—No, no. Me saldría muy caro. Acá mismo lo vendo.

«Qué bien», pensó Néstor Paz. «Solo se dedica a producir y no necesita viajar a Lima».

—¿Cómo te llamas?

—José Cóndor, pero todos me dicen Pechito. Usted también puede decirme Pechito.

—¿Pechito?

—Sí. ¿Y usted?

—Néstor Paz. ¿Tienes tiempo trabajando como minero?

—Desde siempre.

—¿Desde siempre?

—Sí. Desde que tengo uso de razón.

—¿Qué edad tienes?

— Treintainueve.

—¿Treintainueve?

—Sí, treintainueve.

—Un gusto haberte conocido.

Néstor Paz se retiró más que contento, complacido por la hospitalidad, porque sin conocerlo, Pechito no tuvo ningún reparo en explicarle con bastante sencillez, como si no fuera ningún secreto.

A pesar de despedirse satisfecho por este primer contacto, no pudo borrar de su memoria ni el color cenizo ni el envejecimiento prematuro que mostraba el rostro del minero.

—Si van a almorzar en Jaquí, les recomiendo donde Juana Ibarra. Cocina bien. Queda a la salida. Fácil de ubicar.

22. Juana Ibarra

Había caminado no más de veinte metros cuando se topó con otro establecimiento similar al anterior. Se encontró con cuatro quimbaletes, pero solo dos de ellos se encontraban ocupados, uno por un minero y el otro por dos. En este, los dos mineros se dividían el trabajo: mientras uno quimbaleteaba, el otro echaba agua a la poza o llevaba un saco cargado de mineral de cabeza hacia el yunque de piedra para reducirlo de tamaño.

Como Néstor Paz ya había aprendido con Pechito, se puso a conversar con los tres, a repreguntar lo que había preguntado momentos antes y a observar lo que hacían. Constató, de ese modo, que estos mineros trabajaban el mineral con el mismo procedimiento que acababa de ver con Pechito.

—¿Y qué hacen con este oro? ¿Lo venden en Nazca? ¿en Lima?

—No, acá mismo.

En su trayecto encontró siete u ocho más de estos terrenos rústicos cercados con muros de adobe o de piedra y barro. Todos equipados con quimbaletes. Ingresó a cada uno de ellos y conversó con los mineros que se encontraban procesando el mineral de cabeza que debieron haber traído de los socavones.

No descubrió otras novedades, excepto algo común que observó en los mineros además del rasgo indígena: el extraño color cenizo de sus rostros y el envejecimiento prematuro.

Pasado el mediodía, antes de la salida de Jaquí, vio otro terreno cercado parecido a los anteriores, pero, a diferencia de aquellos, en el frontis se levantaba una vivienda pequeña, que más parecía una choza con una puerta abierta de madera de doble hoja y una banderita encima de esa puerta. Con la experiencia de ser provinciano de Piura, sabía que en las casas en donde se exhibían una banderita encima de la puerta significaba que vendían carbón, chicha o comida.

La casa era humilde. El techo de carrizo y esteras estaba soportado por paredes de adobe revestido de cal o yeso blanco carcomidos. La puerta de dos hojas en el centro de la fachada se encontraba acompañada por un par de bancas de madera sin pintar, una a cada lado de la puerta.

Luego de una inspección ligera, Néstor Paz ingresó.

Al frente suyo se desplegaba un salón rectangular. Le llamaron la atención, primero, el suelo de barro recién regado con agua para evitar que los comensales levantaran el polvo; segundo, dos hileras de mesas dispuestas en forma paralela a las paredes laterales, tres al lado izquierdo en disposición longitudinal y cuatro al lado derecho; tercero, un mostrador viejo de madera al final de la hilera de la izquierda y, cuarto, que, si caminaba a través del pasillo, entre las dos hileras de mesas, llegaría a otra puerta al final del salón. Cada mesa, rodeada por cuatro, cinco o seis sillas de paja, estaba cubierta por un mantel de plástico con adornos de flores y pajarillos o similares.

Se sentó junto a la primera mesa a su derecha que encontró vacía. Una mesa, en la otra hilera estaba ocupada por dos mineros, lo dedujo así porque el color cenizo de sus rostros era parecido al de Pechito y al de los otros mineros que viera momentos antes.

—Buenas tardes —saludó con tono amable.

—Buenas tardes —contestaron los dos al unísono y con el mismo tono.

Entonces percibió un ruido conocido, como el traqueteo de piedras, que provenía del fondo, más allá de la puerta posterior, justo desde donde una señora con un plato de comida en cada mano ingresaba al salón. Los dejó en la mesa que ocupaban los dos mineros.

—¿Sirven menú? —preguntó Néstor Paz a la señora.

—Sí, señor.

—¿Para dos?

—Sí, señor.

—Entonces ya regreso. Voy a traer a otra persona.

Ya con el *profe* Machuca, se sentaron en la misma mesa que dejara minutos antes. Recostado sobre la pared interior de la fachada, más claro ahora, advirtió un canchón más allá de la puerta posterior.

—Tenemos caldo de carne y guiso de pollo —les anunció la señora que atendía el salón.

Era una mujer de mediana edad, estatura baja y ojos algo caídos. Vestía falda azul con pliegues, blusa blanca con puntos rosados, chompa azul y zapatos negros, que más que zapatos parecían zapatillas.

—Está bien. Sírvanos caldo y guiso a cada uno.

Antes de retirarse a preparar la orden, Néstor Paz se animó a preguntarle señalando la puerta posterior.

—¿Puedo pasar?

—Por supuesto, señor.

Desde el umbral de esa puerta, Néstor Paz contempló el panorama.

En un corralón, que se extendía de lado a lado de la propiedad y con unos diez metros de fondo, aparecieron cinco quimbaletes distribuidos de izquierda a derecha, uno tras otro, y cada uno acompañado con su poza rectangular de relave de algo de tres por cuatro metros cada una.

Tres de esos quimbaletes estaban siendo utilizados por otros mineros. A su derecha, pero adyacente a la pared posterior del salón, se perfilaba una casa pequeña, del mismo material de construcción, pero que le dio la impresión, por lo pequeña que era, que solo podía haber un dormitorio y una cocina.

Terminado el almuerzo, Néstor Paz entabló conversación con la señora de ojos caídos.

—He visto varios quimbaletes en el canchón del fondo. ¿Son suyos?

—Sí. Los rento.

—¿A cuánto?

—Me pagan con el relave que queda en las pozas, señor.

— ¿Qué hace con eso?

—Lo vendo. Una vez que se llenan, vienen camiones desde Nazca y se los llevan.

—¿Para qué?

—Para extraer el oro que a los mineros se les va en el relave.

—No debe ser mucho.

—No, pero queda algo de ganancia.

—Ya veo. Nunca había venido por acá ni sabía

que existían estos tipos de establecimientos con quimbaletes adentro. Debe haber muchos por acá, ¿verdad?

—A ver —movió los ojos hacia arriba—. Debe haber más de cincuenta.

—¿Más de cincuenta? —Contestó Néstor Paz haciéndose el asombrado.

—Sí. Más de cincuenta.

—Entonces deben ser muchos los mineros que trabajan en esta zona. ¿Tal vez mil?

—No muchos. Pero más de quinientos.

—¿Y todos los días vienen de los socavones con mineral de cabeza?

—No podrían. Una o dos veces por semana.

—Claro. El trabajo debe ser duro. He visto que utilizan los quimbaletes para obtener las charpas de oro. ¿Los llevan a Lima?

—No conozco a uno que viaje a Lima para venderlos. Les saldría muy caro.

—Claro. Escuché a alguien que les pagan en moneda nacional. ¿También les pagan en dólares?

—Aquí no se conoce el dólar, señor.

—¿Todo con moneda nacional?

—Sí, señor.

—Un gusto conocerla, señora. Gracias. Muy bueno el almuerzo.

—Gracias.

—¿Usted misma cocina?

—Sí, yo sola.

—Tiene buena mano. ¿Cómo se llama?

—Juana Ibarra. ¿Y usted?

—Néstor Paz, y mi compañero es Saturnino Machuca.

23. Propuesta

Como la diferencia entre compra y venta del dólar en la casa de cambio se reducía cada vez más con el riesgo de cerrar, Néstor Paz preveía que también podría perder el trabajo.

Era claro para él que, con esa proyección pesimista, pero que concordaba con la realidad, en poco tiempo, quizá en uno o dos meses, su amigo se vería obligado a prescindir de sus servicios, de modo que con la nueva oportunidad que se le presentaba, el negocio en Jaquí debía salir a como dé lugar.

Aunque no contaba con otra opción, esta vez Néstor Paz percibió un negocio fácil, sumamente sencillo. Intuyó que era solo cuestión de ir a Jaquí, comprar las charpas de oro, regresar a Lima sin mayores problemas, convertirlas en lingotes de oro y venderlos. Eso era todo. Facilito. Como vender pan en el mercado. Tal vez un viaje por semana. Negocio redondo.

Sobre la base de estas meditaciones, regresó optimista a Lima con el objetivo único de convencer a su amigo, así que, encontrándose enfrente de Carlos Bazán, en la oficina, le planteó las bondades del negocio.

Le contó lo que había visto en Jaquí acerca de las conversaciones con algunos mineros y la posibilidad de comprarles el oro. Agregó que el único requisito era que no se podía manejar en dólares sino en moneda nacional y que solo era cuestión de permanecer ahí unos días por cada viaje, tal vez una semana, para poder regresar con una buena cantidad de charpas de oro.

—¿Cuánto es una buena cantidad?

—No tengo la menor idea, pero calculo que podría ser un kilo.

—Vamos a seguir conversando.

Continuaron conversando. Néstor Paz tratando de convencer a Carlos Bazán.

Transcurridos unos días, tres o cuatro, o tal vez más, justo cuando Néstor Paz se encontraba ansioso ante la espera tan larga, por fin su amigo lo llamó:

—Tengo diez mil dólares disponibles. Los cambiamos en moneda nacional y te vas este fin de semana con la gente.

Para Néstor Paz, que lo recordaba muy bien, esas palabras milagrosas las percibió como un buen augurio. Fue un instante grandioso, como un punto de inflexión.

Aunque su ansiedad cambió por otro de optimismo, supo entonces, con cierto nerviosismo, que su futuro dependería de él mismo. Se aferraría con todo lo que estuviera a su alcance para aprovechar la oportunidad que la vida le estaba ofreciendo de nuevo.

Pero, por otro lado, si su amigo lo había meditado durante varios días, pensó Néstor Paz, significaba que reconocía que no contaba con otra opción; que como el negocio de la casa de cambios tambaleaba, se veía obligado en unas semanas a tomar decisiones para bajar gastos, entre otras, en la reducción del personal.

Como su amigo también había viajado a Jaquí y había visto el centro minero de esa zona, se imaginaba

Néstor Paz, guardaba alguna esperanza a pesar de los riesgos que acarreaba entrar en un negocio nuevo. Debió haberlo meditado día tras día, analizado y comparado con otras tentativas y fracasos de negocios disímiles, la mayoría de ellos originados por personas inescrupulosas de su entorno que lo debieron convencer, pero cuya finalidad era sacarle dinero.

Esta era la razón por la cual Néstor Paz estaba convencido de que a su amigo se le observaba a la defensiva. Si hubo tomado la decisión de aceptar su propuesta, pensaba, era porque confiaba en él, en su honestidad, en su iniciativa y, sobre todo, en su dedicación casi exclusiva para que el negocio que estaban por emprender saliera adelante.

Lo que no sabía Carlos Bazán era que Néstor Paz luchaba por sobrevivir.

24. Susto

Poco después del mediodía de ese viernes, en la oficina de Carlos Bazán, Néstor Paz recibió el dinero: diez mil dólares en moneda nacional. Tras contar cada uno de los fajos, los guardó en un maletín de cuero negro en forma de bolso provisto de dos asas y una correa, lo aseguró con el cierre y lo sopesó de las dos asas antes de cargarlo en el hombro utilizando la correa.

—Que te vaya bien.

—Me va a ir bien, gracias.

Se estrecharon las manos.

Lo esperaban sentados en la camioneta el *profe* Machuca en el volante y el *flaco* Vizcarra y el *gordo* Meza en el asiento posterior. Néstor Paz, como acostumbraba, se sentó en el asiento del copiloto. En el piso, entre sus piernas, colocó el maletín del que dependía su futuro.

—Vamos —ordenó al *profe* Machuca.

El *profe* Machuca arrancó. Partieron hacia el sur, a siete horas de Lima si no paraban en el camino, hacia Nazca, ciudad en la que Néstor Paz pensó convertir en este su tercer viaje, o su primer viaje operativo, en su centro de operaciones.

Con el rabillo del ojo izquierdo observó al *gordo* Meza que, sentado detrás del *profe* Machuca, hacía algunas anotaciones en un cuaderno que había convertido como diario de trabajo. Ahí debía anotar, por indicaciones de Néstor Paz, las ocurrencias relevantes de cada uno de los viajes como hora de salida y llegada, nombres, pueblos y algunos otros eventos, hitos o referencias que encontrasen en el camino y que pudiera ayudarlo en el desenvolvimiento efectivo del trabajo.

Sin ninguna novedad llegaron a Nazca. Recorrieron algunas calles hasta llegar al mismo hotel en que se hospedaron cuando Néstor Paz, Carlos Bazán y Benjamín Rossi viajaron juntos a Jaquí.

Cenaron en un pequeño restaurante contiguo.

—Ya saben. Mañana salimos temprano. A las seis —les dijo Néstor Paz cuando se dirigían a sus habitaciones.

Al día siguiente partieron temprano hacia Jaquí. Néstor Paz estaba convencido de que los cuatro se encontraban preparados para el trabajo que iniciarían esa mañana. Aprovechó el trayecto del viaje para repetir las instrucciones de rigor que se resumían en que hasta el mediodía visitarían a los quimbaletes y por la tarde esperarían a los mineros en el local de la señora Ibarra, que el *gordo*

Meza tomaría nota de todos los eventos, que el *flaco* Vizcarra prestaría atención ante posibles ataques de asaltantes y que el *profe* Machuca debía mantenerse cerca de él. El programa del día debía cumplirse sin contratiempos.

Cruzaron el desvío a Marcona. Unos cuatro o cinco kilómetros antes de llegar a Yauca observaron con cierta zozobra, a unos quince metros a la derecha de la carretera panamericana, una duna bastante pronunciada formada por los vientos paracas. La duna había recreado hacia la izquierda una pendiente suave de arena, como una cola, que bajaba tenue hasta invadir la carretera.

Debido a que la cola de la duna se apreciaba casi reducida por ese borde izquierdo, tomó el carril del sentido contrario con la intensión de flanquear la vía por ese lado.

Como Néstor Paz creía que su equipo, incluso él, se encontraban armados hasta los dientes, no encontraba motivo alguno para experimentar ninguna sensación de temor. Sin embargo, tras observar al *profe* Machuca que mientras se aferraba del timón no perdía de vista la cresta de la duna, a la derecha, y reforzada con las miradas también furtivas hacia ese mismo punto por parte del *flaco* Vizcarra y del *gordo* Meza, sus dudas cobraron vigor.

Néstor Paz acarició su arma. El entrenamiento seguido en la Infantería de Marina en Ancón debió prepararlo con bastante profesionalismo para situaciones peligrosas, sin embargo, ¿por qué esa sensación inquietante? Defensa personal, manejo de armas, tiro al blanco, disparo desde carro en movimiento, prueba de valor, lanzamiento de granada, técnicas de manejo y escape de emboscada, cruce de áreas peligrosas, escalamiento de cerros, descenso de riscos con cuerdas y tantas otras pruebas debieron endurecer su carácter y fortalecer sus nervios.

—Manténganse preparados —les dijo entonces con tono más de duda que de prevención.

El *profe* Machuca avanzó con la misma actitud atenta, pero justo cuando sorteaba la carretera y mordía parte de ese extremo de la duna, la camioneta trastabilló debido a un golpe seco aunado a un sonido atronador, similar al estallido de una granada, que provino de debajo del vehículo. Al instante la camioneta dio otro salto brusco al tiempo que se escuchaba un segundo estruendo, como el anterior, pero con cierta combinación metálica, que parecía proceder esta vez desde el aro de una de las llantas. Luego otro.

Fueron varios y rápidos los golpes ensordecedores, uno a continuación del otro, que hicieron recordar a los disparos de una metralleta.

La imaginación voló tan rápido como las detonaciones.

—¡Asaltantes! —gritó Néstor Paz que más que un grito parecía un alarido.

Néstor Paz desenfundó su arma al tiempo que el *profe* Machuca frenaba, pero con tanta mala suerte que la pistola se le escapó de las manos. Trató en vano de rescatarla al tiempo que hacía piruetas en el aire. Fueron manotazos imprecisos.

Sabía Néstor Paz, por el entrenamiento recibido, que, en casos inesperados de emboscada, como este, el tiempo apremiaba y que la vida podría perderla en unos segundos. Así que se encorvó rápido para recoger su arma que ya se encontraba tirada en el piso del vehículo entre sus piernas y el maletín de cuero negro.

Una vez segura en la mano, abrió la puerta y agazapado salió de la camioneta con la rapidez que el cuerpo le permitía y de un salto cayó echado sobre la arena. Los otros tres, con las armas en mano, llegaron corriendo casi al mismo instante.

Tendidos como en una trinchera, pecho sobre la arena, resguardando sus vidas y como si se hubieran puesto de acuerdo, los cuatro apuntaron hacia arriba, hacia la cresta de la duna. Aguzaron sus oídos. Aunque no se escuchaba voces ni murmullo ni otro tipo de ruido, excepto el viento de la mañana, esperaban en silencio, inmóviles.

Tras dos o tres minutos, los cuatro continuaban mirando atentos hacia arriba, apuntando, a la espera de cualquier movimiento sospechoso. Ninguno atinaba a hacer otra cosa más que guardar silencio y esperar.

—Parece que no hay nadie. Vayan a chequear a la cresta de la duna —finalmente ordenó Néstor Paz al *flaco* Vizcarra y al *gordo* Meza.

—No hay nadie —gritó el *flaco* Vizcarra una vez que revisaron la cresta y alrededor de la duna.

Bajaron. Los cuatro inspeccionaron la camioneta.

—Aquí hay una piedra grande — advirtió el *flaco* Meza.

Debajo de la camioneta encontraron una piedra de forma irregular, que si fuera redonda mediría unos treinta centímetros de diámetro.

—No la vi —dijo el *profe* Machuca—. Debió estar cubierta por la arena.

Ya habiendo retomado el viaje, y casi llegando a Yauca, Néstor Paz creyó haber aclarado el misterio.

—Para mí que como ayer la cola de la duna cubría una parte de la pista, a un buen samaritano que pasaba por ahí se le cruzó la gran idea de advertir del peligro colocando una piedra como advertencia, la misma piedra con la que nos topamos. Pero anoche, los vientos paracas debieron arreciar tanto que la cubrieron por completo.

—Así debió ocurrir —apoyó el *profe* Machuca.

El *flaco* Vizcarra y el *gordo* Meza solo asintieron.

«La teoría y la práctica se encuentran separadas por un abismo casi insalvable», se lamentó decepcionado Néstor Paz tras reflexionar. «El entrenamiento en la Infantería de Marina en Ancón no sirvió para nada. ¡Qué vergüenza!».

Más allá, después del desayuno en Yauca, de nuevo se llenó de optimismo. «Mejor que nos haya ocurrido ahora sin consecuencias que lamentar. Voy a tomarlo como que fue nuestro bautismo de fuego, pero sin balas ni muertos ni heridos».

25. Reconocimiento

Apenas llegaron a Jaquí, como a las 8:30 de la mañana, Néstor Paz inició el recorrido.

Fueron primero donde Juana Ibarra. Después de saludarla, Néstor Paz le pidió que les guardara cuatro almuerzos y que regresarían como a las dos de la tarde. Con el asentimiento de Juana Ibarra, Néstor Paz y sus acompañantes continuaron tranquilos con el programa del día.

—Me sigues —le dijo al *profe* Machuca una vez que se hubo bajado de la camioneta y dejado el maletín con el dinero en el piso del vehículo, debajo de su asiento.

Al tiempo que caminaba, la camioneta lo seguía en paralelo, desde la entrada hasta la última casita del pueblo. Debió haberle llevado entre cinco a seis horas peinar las calles e ingresar a cada uno de los corrales en donde Néstor Paz escuchaba el ruido característico de los quimbaletes o sospechaba la existencia de estos. Caminaba despacio, lento, sin apuro, porque consideraba que el tiempo estaba de su lado.

Atento ante cualquier ruido o sonido extraño, se acercaba a los muros o a las puertas y entonces paraba la oreja.

Si escuchaba el traqueteo de los quimbaletes, mostraba al *gordo* Meza su dedo pulgar hacia arriba y luego se dirigía a la entrada de ese establecimiento, ingresaba y se ponía a conversar con los mineros que encontraba ahí. Si no escuchaba nada, hacía caso omiso del silencio e ingresaba de todos modos. Si descubría quimbaletes, hacía la misma señal al salir, o caso contrario, si no encontraba nada de interés, mostraba el dedo pulgar hacia abajo.

Si Néstor Paz mostraba el dedo pulgar hacia arriba porque escuchaba el traqueteo, de inmediato el *profe* Machuca apagaba el motor, salía de la camioneta, se dirigía hacia ese corral y se paraba en el umbral de la puerta al tiempo que el *gordo* Meza tomaba nota en el cuaderno y el *flaco* Vizcarra, por su lado, se bajaba, cerraba la puerta despacio y esperaba ahí atento, vigilante de ambos lados de la calle.

En cambio, si Néstor Paz no mostraba ninguna señal, pero aun así ingresaba al corral materia de inspección, el *flaco* Vizcarra desplegaba los mismos movimientos que en el evento anterior y esperaba atento. Si la espera se prolongaba por varios segundos, más de diez o quince, el *profe* Machuca apagaba el motor, bajaba del vehículo y caminaba hasta la entrada y desde ahí examinaba el interior. No debía perder de vista a Néstor Paz.

Ya afuera y después de haber conversado con los mineros y haber examinado el interior del corral, Néstor Paz le indicaba con los dedos al *gordo* Meza la cantidad de quimbaletes que había encontrado.

Así, de ese modo, fue conociendo cada establecimiento y corral en donde se concentraban los quimbaletes. Como el *gordo* Meza registraba todos los detalles en su cuaderno, como un inventario, contó, al final de la jornada, treinta y un establecimientos y ciento cinco quimbaletes.

Como el objetivo principal que Néstor Paz se impuso no era el de levantar un inventario sino el de conocer y convencer a cada minero que él era un buen comprador, de confianza y honesto y que, sobre todo, les pagaría el precio de mercado, preparó y ensayó en su mente una rutina a la que llamó *el momento de la verdad*. Consistía en dos partes bastante fáciles: primero, presentarse y, segundo, comentarles de modo franco y amigable, en especial amigable, el motivo por el cual se encontraba ahí. «Solo debo seguir la rutina y ya está». se dijo.

Así que empezó la travesía que Néstor Paz concibió fácil. Sin embargo, algunos le daban la espalda o le respondían que no estaban interesados, otros le escuchaban y asentían y los demás dudaban y le respondían que iban a ver. Por lo general, con estos últimos la conversación finalizaba más o menos así:

—¿A qué hora terminan?

—Como a las cinco de la tarde.

—Bueno. A esa hora voy a estar en el local de la señora Juana Ibarra. ¿Conocen?

—Sí conocemos.

—Entonces ahí los espero.

Con varios de ellos, aunque no muchos, sostuvo conversaciones que le ayudaron a descubrir, con el tiempo, el meollo de la condición humana en Jaquí. Los mineros acostumbraban, aunque más que acostumbrados se sentían obligados, a pagar deuda en oro al precio que el comprador les imponía.

—Ya me comprometí con otro comprador.

—Comprométete ahora conmigo. Te conviene por el precio.

—Tengo que pagarle mis deudas con oro, si no, ¿quién me daría crédito por materiales, mechas y todo eso?

—¿Y qué problema puedes tener? Agarras la plata y le pagas con dinero.

—¿Pero querrá?

—No lo sé, pero a ti te conviene. Solo recibes el dinero del oro con que me vendes y con ese mismo dinero pagas tus deudas. Así de facilito. Conmigo no pierdes porque ofrezco el precio del mercado.

—Está bien. Vamos a ver.

—¿A qué hora terminan?

—Como a las cuatro.

—Bueno. A esa hora estaré en el local de la señora Juana Ibarra. ¿Conocen?

—Sí conocemos.

—Entonces ahí los espero.

Después de almorzar donde Juana Ibarra, esperaron optimistas las buenas nuevas, pero no hubo ninguna.

Ya tarde, como a eso de las diez de la noche, regresaron decepcionados a Nazca. «Este negocio no va a funcionar», se dijo Néstor Paz, «Hay que vencer mucha resistencia».

26. Insistencia

Cuando faltaba cerca de una hora para llegar a Nazca y al distinguir a su izquierda un desvío hacia el oeste, hacia San Juan de Marcona, recordó Néstor Paz que detrás del aeropuerto de la base naval de ese lugar se abría un camino, aunque no muy bueno, pero que si lo usaba podría reducir el viaje a Jaquí y viceversa hasta en una hora. Podría llevarle dos y no tres horas de ida, claro que siempre y cuando se alojaran en un hotel de esa pequeña ciudad.

Al día siguiente muy temprano, antes de enrumbar hacia Jaquí, los cuatro desocuparon el hotel de Nazca, pagaron la cuenta y cargaron con las cosas en la camioneta con la idea ya no de regresar de Jaquí a Nazca sino a Marcona.

Una vez en Jaquí, tomaron esta vez el desayuno donde Juana Ibarra, pero con la idea en la mente de encontrar a los mineros que le habían prometido venderle las charpas de oro. «Un día perdido», se dijo.

Néstor Paz recorrió las mismas calles e ingresó a los mismos establecimientos y utilizó la misma rutina con los mineros que todavía no hubo conversado, pero con aquellos conocidos les recordó la conversación que tuvieran el día anterior:

—Los estuve esperando. No tienen palabra. Si alguien los está presionando los puedo defender.

Los mineros sonrieron como si las palabras de Néstor Paz estuvieran dirigidas para otros.

—¿Qué pasó? —Insistió Néstor Paz.

—No pasó nada —contestó uno de ellos

—No me cojudeen —les dijo—. Vengo con las mejores intenciones para que hagan dinero conmigo y me hacen esperar en vano.

—¿Dónde es?

—¿Ya se olvidaron? Es donde Juana Ibarra. ¿La conocen?

—¡Ah! Donde Juana.

—Entonces la conocen. Pago el precio justo y en efectivo.

—Está bien. Hoy vamos.

—Espero que esta vez no me fallen.

—No. Ahí estaremos después de terminar.

—Entonces los espero.

Néstor Paz se despidió con un ademán de mano. Aunque algo desconfiado, era consciente de que le convenía insistir. Debía encontrar la forma de convencerlos, cualquier forma con tal de lograr su objetivo. Mejor era, entonces, encontrarse en permanente alerta y con los ojos despiertos y la mente abierta para no perder ninguna oportunidad de negociar con ellos.

Esa tarde llegó el minero de gorra color verde militar, el mismo a quien conociera durante el viaje anterior, el de reconocimiento, y quien tuviera la paciencia de explicarle a grandes rasgos las actividades de un minero en Jaquí. Recordaba su nombre, o más bien su apodo.

—Hola Pechito.

—Hola.

—¿Vas a venderme tu oro?

—Claro. Para eso he venido.

Tras recibir las charpas y pesarlo, Néstor Paz le pagó sin mediar contratiempo alguno. Como quería demostrar seguridad en su actitud y, sobre todo, convencer que su palabra era confiable, solo utilizó su calculadora de mano.

—¿Eso es todo? —preguntó Pechito con cierta duda después de recibir el dinero y contarlo.

—Eso es todo. Así de fácil.

—Bueno. Si es así. Gracias.

Pechito se retiró esbozando una sonrisa

Como a la media hora llegó otro.

Fueron dos los mineros que le vendieron oro durante ese día. No más de media onza. Regresaron otra vez decepcionados ya no a Nazca sino a Marcona. «Este negocio no va a funcionar», se dijo Néstor Paz. «Hay que vencer mucha resistencia».

Al tercer día llegaron cuatro mineros, al cuarto, ocho, y al terminar el quinto ya había acumulado casi un kilo de charpas de oro. Los mineros se retiraban contentos con los billetes en mano al término de cada transacción. Se miraban entre ellos, como incrédulos, saboreando el dinero que acababan de recibir.

Néstor Paz disfrutó esos momentos tan especiales e inolvidables con tan solo verles el brillo en los ojos.

Como le quedaba poco efectivo que no justificaba quedarse otro día más, Néstor Paz decidió pernoctar esa noche en Marcona para de ahí salir temprano hacia Lima, hacia *Finese*, al lugar recomendado para refinar el oro.

Néstor Paz rebosaba de alegría. Durante el viaje a Lima se le escaparon suspiros profundos de optimismo, aunque ese entusiasmo no le duraría mucho.

27. Mercurio por oro

Néstor Paz bajó de la camioneta llevando entre sus manos el pomo lleno de charpas de oro, su tesoro anhelado. Satisfecho de ese primer viaje operativo, sonreía feliz por el logro alcanzado. «Ahora sí», se dijo. «Nadie me para».

Soñando despierto por las grandes utilidades futuras, caminó rápido. Sin tocar puerta alguna, ingresó a una especie de jaula de dos puertas con cierre automático. Apenas hubo ingresado, casi le hizo trastabillar el sonido seco, como de un chasquido metálico, el seguro de la puerta que acababa de franquear, pero de inmediato advirtió que nadie más podía entrar detrás de él.

«Qué bueno», se dijo. «Debe ser el sistema de seguridad».

La segunda puerta, delante de él, de acero macizo, se encontraba cerrada. Una vez que se hubo identificado por una ventanilla lateral se abrió con otro chasquido similar al del anterior. Ingresó.

—¿A qué viene señor? —le preguntó un empleado de *Finese* que ya lo esperaba unos metros más allá de la puerta.

—Tengo esto para refinar —mostró el pomo.

—Muy bien.

El empleado, cubierto con mandil gris, le dio otro similar. Tras esperar que Néstor Paz se lo pusiera, lo invitó a pasar a una zona de hornos. Como se encontró con hornos de diferentes tamaños, supuso Néstor Paz que los usaban de acuerdo con la cantidad de material.

Otro personal, un técnico, también protegido con mandil del mismo color y que trabajaba en ese ambiente, le mostró una balanza en donde Néstor Paz colocó sobre un platillo todas las charpas que llevaba. El técnico no tocó nada, como si esa rutina fuera la norma de atención al cliente. Luego de tomar nota, el técnico le entregó una boleta escrita a mano. Néstor Paz leyó ahí sus datos y el peso del mineral. Después de aceptar con su firma, empezó el procedimiento.

El técnico colocó las charpas de oro a un matraz de arcilla. Llevó, matraz y charpas, a uno de los hornos pequeños que previamente lo hubo encendido. Enseguida echó al matraz una sustancia para que las impurezas quedaran en la superficie. Esperaron.

De pronto Néstor Paz vio, sorprendido, que un humo espeso y oscuro invadía el interior del horno.

—¡Es mercurio! —dijo perplejo, como por instinto.

—Sí, jefe. Eso es mercurio —respondió el técnico sin contener la sonrisa que le hubo provocado la inocencia de Néstor Paz—. ¿De dónde ha traído este material?

—De allá, de Jaquí.

—Le han vendido gato por liebre, jefe —continuó el técnico sin dejar de reír.

—¿Cómo?

—Que le han vendido gato por liebre.

—¿Que me han vendido gato por liebre?

—Claro pues, jefe. Le han vendido mercurio por oro.

—¿Qué dice?

—Le han vendido oro, pero no refogueado. Usted no lo ha refogueado, jefe.

—¿Qué es eso?

—Antes de comprar el oro, usted mismo tiene que meterle fuego a las charpas hasta determinar que ya no haya mercurio adentro.

—¿Cómo se determina?

—Si sale humo es porque tiene mercurio, entonces debe meterle más fuego hasta que ya no salga nada de humo, pues, jefe. Recién ahí lo pesa y paga por la verdadera cantidad de oro.

Luego de limpiar las impurezas que salían a la superficie, el técnico fundió el oro en el mismo matraz, lo tomó con una tenaza y lo vació a un molde en forma de lingote. Tras esperar que enfriara lo pesó y anotó en otra boleta que entregó a Néstor Paz.

—¡Doscientos gramos menos! —exclamó estupefacto Néstor Paz al leer la boleta.

—Doscientos gramos de mercurio, jefe.

—Ya veo —respondió Néstor Paz con muestras de resignación.

—¿Sabe a dónde lo van a vender?

—No lo sé. Todavía no lo sabemos.

—Si deciden venderlo a joyeros, entonces no necesitará oro de 24 quilates como este. Si lo refinamos a 18 quilates entonces aumentará el peso del oro.

III. RETO

28. Por la tarde

5:00 P.M.

El *flaco* Vizcarra y el *gordo* Meza ya se encontraban afuera, tal vez sentados en las bancas, en tanto que el *profe* Machuca se había ubicado en su lugar habitual, en la primera mesa entrando a la derecha y adyacente al frontis del salón.

Néstor Paz, situado como siempre en la tercera y última mesa entrando a la izquierda, con la balanza, el soplete para refoguear y el balón de combustible listos, esperaba impaciente la llegada de los mineros.

Desde donde se encontraba podía escuchar el traqueteo de los quimbaletes que provenía desde el corralón. «Qué bueno», se dijo. «Esas charpas son mías».

Dos mineros *espías* del *tambo* ocupaban la primera mesa de la izquierda. Solo observaban.

Comenzaron a llegar como a las cinco de la tarde, pero ya no con la misma algarabía acostumbrada.

Primero llegó uno con sombrero de paja de ala amplia de color de la hierba seca. Llevaba en la espalda una mochila algo vieja color caqui. Se sentó en la última mesa de la derecha, es decir entrando en la cuarta. No dijo nada. Solo un saludo apenas imperceptible. Se sentó en una silla cuyo respaldo daba contra la pared lateral. De la mochila, que la había dejado en el piso y recostada sobre la silla, extrajo un libro pequeño de pasta roja. Se dispuso a leer.

Néstor Paz lo reconoció. Era el *borrachín* aquel que encontraron durante los primeros días en un bar cerca de la plazuela principal y por el que jugaron cara o sello. Recordó Néstor paz que lo vio esa misma noche y otras tantas donde Juana Ibarra. Traía siempre la misma mochila color caqui, se sentaba en el mismo lugar, extraía el mismo libro y se ponía a leer al tiempo que observaba las transacciones que celebraba con los mineros. Eso era todo lo que hacía, además de cenar.

5:05 P.M.

Poco después llegó otro. Se sentó en la tercera mesa de la derecha, en otra silla con el respaldo también pegado a la pared y, tal como el anterior, esperó callado que le sirvieran.

Juana Ibarra entró por la puerta del canchón con dos platos de comida. Dejó uno en cada mesa. El saludo de ambos con Juana Ibarra fue frío. Casi imperceptible. Ni se miraron.

5:10 P.M.

También en silencio, ingresó el tercero. Se sentó enfrente de Néstor Paz, en la misma mesa que el minero anterior se había sentado. De una bolsita vieja color caqui extrajo varias charpas de oro. Parecía apurado.

A Néstor Paz le extrañó la ausencia de bromas entre ellos o con Juana Ibarra a quien no perdían la oportunidad de embromarla. Esta vez no le dirigieron la palabra, apenas un saludo medio lastimero. «¿Se habrán peleado con la señora o tal vez no podrán pagarle la comida de la semana? ¿Será acaso por la presencia de los dos *espías*?». Por el silencio religioso, los percibió incómodos, nerviosos, como si no quisieran estar ahí.

Tomó las charpas, pero, antes de levantarse para refoguearlas, quiso salir de dudas.

—¿Todo bien? —dijo en voz baja.

—Sí, don Néstor. Todo bien.

Con las charpas y las herramientas para el refogueo, Néstor Paz se dirigió al corralón de los quimbaletes seguido por el minero. Ahí volteó a la izquierda y avanzó hasta su rincón habitual, en contra del viento. Ya no usaba la mascarilla que pudiera protegerlo del mercurio. Había tomado la decisión de realizar esta operación tal como los mineros lo hacían, sin mascarilla. Para el negocio, había entendido Néstor Paz, era mejor encontrarse al mismo nivel que ellos, para no ofenderlos. Cuestión de supervivencia. Pero debía tomar sus precauciones, siempre y cuando conociera la dirección del viento.

Regresaron luego de nueve o diez minutos. Ambos se sentaron.

Néstor Paz pagó al minero luego de pesar el oro en la balanza y calcular su valor en moneda nacional.

—Gracias —le dijo—. ¿Seguro que no pasa nada?

—No, don Néstor. No pasa nada —respondió sin mirarle a los ojos.

El minero se despidió con un ligero «gracias» y se sentó en la tercera mesa de la derecha junto al segundo minero.

La tarde se hacía lenta. Llegaron dos más. Uno de ellos se sentó en la segunda mesa entrando a la derecha y el otro continuó sus pasos hasta la mesa de Néstor Paz. Ahí se sentó. Le entregó las charpas que retiró de un bolsillo. Ambos se fueron al corralón para realizar la misma rutina del refogueo.

Tras volver, pesar y pagar, Néstor Paz repitió el diálogo que tuviera con el minero anterior.

—¿Todo bien?

—Sí. Todo bien.

El minero se levantó de su asiento para reunirse con su compañero que lo esperaba en la segunda mesa de la derecha.

El ruido del traqueteo de los quimbaletes desde el corralón traía buenas noticias.

Juana Ibarra entró desde ahí con dos platos de comida que dejó uno en la tercera mesa de la derecha y el otro en la segunda. Al regresar, miró a Néstor Paz con el rabillo del ojo. Si bien Néstor Paz notó ese detalle, ella, como acongojada, le dio la misma explicación que diera al comportamiento extraño de los mineros. «Debe haber algún problema entre ellos», se dijo.

A pesar de contar con una justificación que le proporcionaba cierta tranquilidad, ahora, al verlos así, como abatidos, cabizbajos y parcos y, sobre todo, por los rostros todos de color cenizo, además de mostrarse avejentados, los imaginó, aunque solo por unos segundos, como a unos seres fantasmales.

«En realidad son fantasmas viviendo en un pueblo olvidado», pensó.

29. Advertencia

5:30 P.M.

Juana Ibarra trajo otro plato de comida y una taza de café negro. El plato lo dejó en la segunda mesa de la derecha el minero que recién había vendido sus charpas de oro y, cuando regresaba, dejó la taza sobre la mesa de Néstor Paz y se sentó ahí, junto a él, en una silla, dando la espalda a los comensales de la otra columna.

A Néstor Paz le era difícil recordar si durante el

tiempo que trabajaba en la zona comprando oro a los mineros de Jaquí, hubo alguna vez en que Juana Ibarra se hubiera sentado junto a él. Si había que cruzar algunas palabras, ella, sin sentarse, complementaba el diálogo; solía responder desde donde la pregunta o la inquietud la encontraba.

Excepto, claro, que hubo dos veces. Las únicas que sucedieron dos días seguidos, unos meses antes y que Néstor Paz casi había olvidado. La primera, para suplicarle y, la segunda, para agradecerle.

De modo que la actitud última de Juana Ibarra, la de sentarse en su mesa, también le pareció extraño.

Así que Juana Ibarra, con semblante cetrino y ojos caídos, pero de trato afable, le llevó otra taza de café negro. La había traído especialmente para Néstor Paz. Tras sentarse junto a él, le dijo en voz baja:

—Señor, ¿sabe qué?, es mejor que se vaya porque la zona acá está movida. No es segura. Le puede pasar algo. Es mejor que se vaya mientras es de día.

«Se me torció la vieja», pensó Néstor Paz. «Me está largando porque deben haberle pasado billetes para librarse de mí».

Néstor Paz la miró absorto, incrédulo, ante las palabras que acababa de escuchar. «Lo que puede hacer el dinero», reflexionó. Cada vez que Juana Ibarra caminaba por su lado, la había descubierto mirándolo a hurtadillas, con el rabillo del ojo.

Recordó en ese instante y le reconfortó, por supuesto, que recién, en la oficina de Lima, su amigo Carlos Bazán había comentado que algunas columnas de *sendero luminoso* se localizaban más al norte, mucho más arriba del valle, en el departamento de Ayacucho. Néstor Paz supuso que esas columnas se encontraban todavía bastante lejos de Jaquí.

—No señora —respondió Néstor Paz—. De ninguna manera. No pasa nada. Si todavía tengo tres cuartos de kilo. Necesito completar por lo menos un kilo. Un rato más y me voy.

—Es mejor que se vaya, señor —insistió Juana Ibarra.

Aunque la voz de la mujer no se escuchó como lamento ni como orden, sino como súplica, o como consejo, Néstor Paz no percibió nada atemorizante ni nada que le hiciera cambiar la rutina del día, excepto, claro, el comportamiento extraño de los mineros recién llegados.

Había recorrido todo el pueblo, cada establecimiento, cada quimbalete y nada le había parecido fuera de lugar, ni raro, que le hiciera pensar en algún peligro inminente.

Por otro lado, y lo más importante, el *gordo* Meza había cantado que el objetivo del día era 173 gramos y hasta ese momento había comprado apenas 47.

Desde donde se encontraba, Néstor Paz podía disponer del mejor panorama del establecimiento. Estaba convencido de que no podía haber una mejor ubicación.

Con esa vista y con la pistola enfundada en el muslo, Néstor Paz se sentía seguro. ¿Por qué darle importancia a una advertencia sin fundamento?

—Por su bien es mejor que se vaya —persistió Juana Ibarra al tiempo que se levantaba —. Debe irse antes de que llegue la noche.

Néstor Paz examinó a la mujer, esta vez de frente, a los ojos, y percibió en ellos sinceridad, ruego, protección y agradecimiento. Sobre todo, agradecimiento. La vio retirarse y cruzar la puerta posterior, dar unos pasos más e ingresar a su casa pequeña construida al lado derecho del corral, pero contiguo al salón. Pudo observarla en línea diagonal a través de esa puerta.

30. Esperar

5:35 P.M.

Sentado en la silla de paja, reclinada sobre la pared, no sobre la opuesta sino sobre la adyacente a la de la fachada, observó de nuevo, un poco a su derecha, que la segunda mesa, en línea con la tercera que él ocupaba, se hallaba vacía, pero no así la primera. Ésta seguía siendo ocupada por los dos *espías*.

Al frente, paralela a la otra pared adyacente a la fachada, la segunda y la tercera mesa todavía se encontraban ocupadas por dos comensales en cada una y, la cuarta, por el *borrachín*, que leía el pequeño libro de pasta roja. Ellos, incluso hasta los dos *espías* de la primera mesa de la izquierda, cenaban en apariencia despreocupados, aunque se mantenían callados.

El *profe* Machuca, conductor de la camioneta y su hombre de confianza, armado como él, se había adueñado de la mesa del rincón opuesto, la primera entrando a la derecha, de modo que podía cubrir los puntos ciegos, por ser esa la responsabilidad que Néstor Paz le encargara. Entre esas dos hileras de mesas y al centro de la fachada, observó que la puerta principal de dos hojas se encontraba abierta de par en par, como todos los días, tal como la puerta posterior, un poco a su izquierda y al centro de la pared opuesta a la fachada.

Detrás, en el corral, cerca de los pozos ciegos, dos

mineros artesanales, de rostros oscuros y marchitados por la absorción del vapor de mercurio, molían el mineral de cabeza extraído durante la semana. Acababa de conversar con ellos mientras refogueba unas charpas. Le habían asegurado para esa misma noche el oro que obtendrían al final del proceso. Desde su rincón, Néstor Paz no podía observarlos, pero el *profe* Machuca sí.

Aunque ese establecimiento rectangular no se situaba a la entrada, sino casi a la salida de Jaquí, el local se veía normal. No había percibido indicio alguno ni movimientos furtivos que generaran sospechas ni nada de qué preocuparse, excepto, ya lo había notado momentos antes, los pocos mineros que llegaron para quimbaletear en el corral de Juana Ibarra. Debieron haber llegado unos cuatro por lo menos, además de los dos que trabajaban adentro y otros más deberían llegar a eso de las seis de la tarde, hora en que de hecho todos los quimbaletes del corral debieran estar ocupados.

Su personal de seguridad, el *flaco* Vizcarra y el *gordo* Meza, armados también, se habían retirado de la mesa dos horas antes. Salieron a la calle y se echaron a dormitar sobre unas bancas de pino ordenadas a lo largo de la fachada deslucida mientras esperaban la cena de la noche tal vez en Yauca o en Marcona.

A esa hora de la tarde las calles se veían desiertas y silenciosas, salvo por el silbido del viento que traía el olor de la tierra serrana a lo largo del valle o que, de un momento a otro, formaban en puntos cualesquiera pequeños remolinos de polvo y paja.

Todo parecía tranquilo, como los días anteriores. Si se hubiera asomado algún indicio, el más mínimo, como algún movimiento inusual, ambos hubieran corrido a dar la alarma, pero no corrieron ni se espantaron, señal clara de que no había nada de qué preocuparse.

De pronto los dos *espías,* que se habían sentado en la primera mesa de la izquierda, se levantaron y se retiraron.

«Qué extraño», se dijo Néstor Paz. «No suelen retirarse tan temprano».

El *borrachín*, al frente, como si el mundo no existiera para él, continuaba ensimismado en su lectura.

31. Cara o sello

Más seguros y equipados convenientemente, Néstor Paz y sus asistentes, días después del fiasco de la compra de mercurio por oro, enrumbaron a Jaquí desde Marcona. Llevaban soplete, balón de gas y matraz.

Llegaron temprano, como a las ocho de la mañana. Tras bordear la plazuela principal descubrieron una especie de restaurante pequeño ubicado en una calle lateral. La puerta se encontraba semiabierta. Entraron ahí con la idea de contar con otra opción además de la de Juana Ibarra. Se toparon, a unos metros, con un mostrador a modo de vitrina. Detrás, una anciana, que debía atender a la clientela, dormía en una perezosa.

Avanzaron por un costado hacia un salón que se abría más allá del mostrador. Ocupaban el salón cinco mesas largas desparramadas sin orden sobre un piso de barro.

Un parroquiano, solitario y bastante ebrio, se encontraba sentado en una silla solitaria cerca de una de las mesas; se le veía descuidado y sucio. Una mochila color caqui reposaba en el piso. Ni bien los vio entrar, les plantó una mirada desafiante, que más parecía de odio.

—¡Hey! ¡Hey! ¿Qué hacen aquí?

Lo ignoraron. Los cuatro se sentaron en unas bancas ocupando la mitad de una de las mesas en donde podían acomodarse hasta ocho personas.

—¡Hey!, ¡que les estoy hablando! —les gritó entonces con voz gangosa, como si la lengua la tuviera entumecida—. ¿Quiénes son?

En vez de asustarse, los cuatro sonrieron entre ellos al ver envalentonado a un ser casi desvalido. Era delgado, con el rostro color cenizo y no medía más de metro con sesenta.

Ante la indiferencia de los recién llegados, el lugareño se acercó y se sentó en el otro extremo de la banca que ocupaban el *gordo* Meza y el *flaco* Vizcarra. Mantenía la misma mirada agresiva; babeaba. Al instante se llenó el ambiente de un hedor a queso rancio mezclado con un tufo nauseabundo.

—¡Oye, tú, blanquito! —se dirigió a Néstor Paz—. Estoy hablando contigo, ¿qué carajo hacen aquí?

Néstor Paz y sus ayudantes no contestaron ni tampoco lo miraron. Se hicieron los desentendidos, como indiferentes ante la presencia del extraño.

—¿Qué carajo hacen aquí? —insistió el borracho.

—¿Podrías regresar a tu mesa? —se animó a contestar Néstor Paz con tono amable.

—¿Por qué?, ¿son cojudos o qué? Me puedo sentar donde yo quiera. Esta es mi casa.

—Por favor —insistió Néstor Paz.

—¿Estas muy huevón o te haces?

—Por favor.

—¿Qué carajo hacen aquí?

—Necesitamos resolver ciertos asuntos privados.

—Resuélvanlos que no me voy a entrometer.

—Por favor.

—¿Que por favor?, ¡vete a la mierda!

La anciana, que se encontraba descansando en la perezosa y que ya había entrado al salón, es posible al escuchar los gritos gangosos, tomó de un brazo al *borrachín*, le dijo algo al oído y lo llevó hasta una mesa apartada. El sujeto, sumiso ahora, solo se dejó llevar.

—Compórtate —escucharon decir a la anciana con voz autoritaria.

Se acercó a la mesa de Néstor Paz.

—¿Desean algo?

—Nos gustaría desayunar y almorzar —contestó Néstor paz—. ¿Qué nos puede ofrecer?

—Este es un bar. No preparamos desayuno ni comida, pero les puedo ofrecer gaseosas y galletas.

—Está bien. Gaseosas y galletas para los cuatro.

Tras retirarse la anciana, Néstor Paz y sus asistentes observaron que el *borrachín* se había sentado en el filo de la mesa. Se balanceaba hacia adelante y hacia atrás. Dedujeron, entonces, que debió haber bebido licor desde el día anterior. Parecía inconsciente a pesar de encontrarse sentado. Mantenía lo ojos semiabiertos. Como hablaba solo, se le escuchaba como un murmullo.

—Juguemos cara o sello —se le ocurrió proponer a Néstor Paz.

—¿Cómo es eso? —preguntó el *profe* Machuca.

—Si cae de cara, es cara, y sello si cae de espalda sobre la mesa.

—Hecho —aceptaron los otros tres.

Apostaron la cena de esa noche. Néstor Paz fue por cara y los otros por sello.

El parroquiano seguía balanceándose sin decidir el punto de su caída. Persistía en una duda permanente, similar a aquellas personas que manifiestan un problema existencial, como si careciera de personalidad, porque cuando parecía caer de cara, se retractaba y retrocedía hasta justo el instante en que parecía caer de espalda, entonces se retractaba de nuevo para cambiar la dirección del balanceo. El proceso de ida y vuelta lo repitió una y otra vez, lento, aunque indeciso, más de diez minutos, condición suficiente para mantener en ascuas a los cuatro apostadores.

Incluso, para vergüenza posterior, los cuatro alentaban al parroquiano con gritos motivantes.

—¡Ya!, ¡dale!, ¡ya! —Gritaba Néstor Paz cuando daba la impresión de que el parroquiano caía de cara.

——¡Ya!, ¡ya!, ¡ya! —Gritaban en coro los otros tres cuando parecía que el parroquiano se animaba a caer de espalda.

—¡Ya!, ¡dale!, ¡ya!

—¡Ya!, ¡ya!, ¡ya!

Sucedió de repente. El borrachín, cansado de tanto dudar, tomó la decisión final. Decidió caer de cara.

El golpe retumbó en el salón. Primero cayó sobre el respaldar de una silla de la otra mesa que sirvió de amortiguador y luego, parapetado por instinto de conservación sobre esa silla, cayó de cara. Pareció, en unos segundos, que el *borrachín* estuviera practicando un malabarismo insólito o un baile futurista con la silla como pareja. Por las volteretas.

Aunque no quedó claro, se rescataron dos versiones: una, que el *borrachín* cayó de cara sobre el piso de barro y, dos, que la silla cayó primero y el *borrachín* sobre ella.

El asunto es que el borrachín quedó tirado sobre el piso con la nariz rota y babeando más que antes. Parecía anestesiado. Se le escuchaba algunos quejidos, suaves, como quejándose de un dolor lejano.

Los cuatro corrieron a auxiliarlo. La anciana llegó detrás de ellos.

32. El borrachín

Tomaron el desayuno donde Juana Ibarra.

Como Néstor Paz mantenía la idea en la mente de encontrar a los mineros que le vendieron las charpas de oro y recuperar el dinero perdido, repasó las calles y los establecimientos y utilizó, como era de esperar, la misma rutina con los mineros que todavía no hubo conversado, pero con aquellos que pudo reconocer y a quienes les pagó mercurio por oro les aclaró el asunto del refogueo de las charpas.

Encontró a Pechito José Condor en el mismo lugar en el que éste acostumbraba quimbaletear, a media cuadra de la plazuela principal y en donde lo había conocido semanas antes.

—Por fin te encontré —le dijo con una sonrisa socarrona.

—Buenos días.

—Así que tú fuiste el que corrió la voz —le dijo con un tono lastimero que sonó más como aceptación de una broma que como reclamo.

—¿Que corrí la voz? No entiendo —contestó Pechito con una sonrisa solapada.

—Sabias que estaba pagando mercurio por oro y no dijiste nada.

—Si usted pesa, calcula y paga, ¿por qué debía reclamar? Si usted es el comprador, y pone precio a las charpas, usted debe saber lo que compra.

—Me hubieras advertido.

—¿Para qué? A usted se le veía satisfecho con la compra, y yo también con la venta. ¿Por qué lo iba a distraer?

—¿Entonces corriste la voz?

—Por supuesto. Si era un buen negocio. Si no hubiera corrido la voz mis amigos me hubieran tachado como alguien desleal. Y por acá consideramos despreciables a los desleales.

—Está bien. Lo entiendo, pero ahora he venido preparado para evitar que me sorprendan de nuevo.

—¿Sorprenderlo? Qué chistoso.

Pechito rio, pero al reírse sufrió un ataque de tos seca, sin flema. Se presionó el pecho y parte del cuello acompañado de un gesto de dolor, o fastidio, como si le ardiera esas partes del cuerpo, el alma y todo. Néstor Paz recordó haber notado esa misma tos, aunque con menor intensidad, la vez que lo conociera, pero no le dio la menor importancia. Aunque por un instante se le dio por indagar, optó por continuar con el tema. Era importante no romper el hilo de la conversación.

—Está bien. Voy a pagar al mismo precio, pero al peso real, luego de refoguear las charpas.

—Es lo justo.

—¿Te animas?

—Claro.

—Te espero entonces donde Juana Ibarra.

—Sí iré, pero mañana. Hoy no puedo. Necesito ver al médico.

Luego de almorzar donde Juana Ibarra, Néstor Paz esperó en su sitio habitual, en la tercera mesa de la izquierda, sentado en una silla de paja con el respaldo sobre la pared lateral. El *profe* Machuca se ubicó en la primera mesa de la derecha; así, con esas ubicaciones, creía Néstor Paz, podían cubrir los puntos ciegos de la visión de ambos, uno del otro. El *flaco* Vizcarra y el *gordo* Meza cubrían la guardia afuera.

Esa tarde con su noche no llegó ningún minero donde Juana Ibarra, nadie, excepto el *borrachín* que conocieran por la mañana y por quien se divirtieron jugando cara o sello.

Ingresó sin mediar palabras ni saludar a nadie, como si se hubiera peleado con el mundo, solo algunas miradas disimuladas, aunque irascibles, primero al *profe* Machuca y luego a Néstor Paz. Vestía ropa diferente que la de la mañana. Se le notaba un chichón en la frente y un corte transversal en la nariz a la altura del tabique. Traía una mochila color caqui sobre la espalda. Caminó, ni muy rápido ni muy despacio, hasta la cuarta mesa de la derecha. Luego de sentarse en otra silla de paja con el respaldo recostado sobre esa pared lateral, de modo que daba casi enfrente de la mesa de Néstor Paz, extrajo de la mochila un librito de pasta roja. Colgó la mochila en el respaldo de la silla.

Néstor Paz sonrió de solo verlo. «Pobrecito. Este parece un minero retirado», se dijo. «No vale la pena preguntarle».

En tanto el *borrachín* leía, o se hacia el que leía, Néstor Paz advirtió que aquel le dirigía algunas miradas a hurtadillas, de reojo, como si lo estudiara, o como si lo hubiera reconocido.

Esa noche regresaron a Marcona sin una sola charpa de oro en el pomo. Un pomo vacío. Así también se sentía Néstor Paz, vacío, sin optimismo ni nada que lo pudiera alentar para restablecer el instinto de supervivencia. Al día siguiente, una vez que se hubo levantado, recobró los ánimos perdidos. «Si hay una llave, he de encontrarla», se dijo. «Y si no la hay, tendré que construirla».

33. En el quimbalete

Ya en Jaquí, y luego de recorrer parte del pueblo, encontró a Pechito y a su compañero trabajando descalzos en uno de los quimbaletes del corral acostumbrado.

A diferencia de los otros, a este quimbalete le habían adosado un palo vertical que nacía del centro de la piedra ovalada y atravesaba el tablón de madera, que servía, tan igual como el arco de los otros quimbaletes, a modo de punto de apoyo para que el minero mantuviera el equilibrio.

—Buenos días, Pechito.

—Buenos días.

Al tiempo que se balanceaba, parado sobre el centro del tablón con las piernas separadas, Pechito se mantenía en equilibrio apoyándose del palo vertical con apenas dos dedos.

Néstor Paz se quedó cavilando, sin desviar la mirada ni del quimbalete ni del minero. Pechito se balanceaba con un movimiento acompasado que dejaba una estela tan armónica como si ambos, hombre y quimbalete, se hubieran fusionado en un solo cuerpo. Incluso, el minero soltaba la mano o los dedos del palo vertical para señalar algo a su compañero o para conversar, que daba la impresión de que ni siquiera pensaba en el movimiento rítmico entre el quimbalete y él. Parecía un movimiento automático y acompasado y que en perfecta sincronización funcionaba como un reloj.

Pechito mostraba una gala extraordinaria de elasticidad.

—¿Cómo le fue ayer? —preguntó el minero.

—Mal.

—¿Así de mal?

—Sí. No fue nadie donde Juana Ibarra.

—Una pena.

Néstor Paz intuyó que esta podría ser la oportunidad que esperaba. Se le presentó justo a tiempo, como una luz al final del túnel. «Para ganarme la confianza de los mineros», se dijo, «debo subir al caballo de ellos, y como lo veo, esto parece sencillo».

—Oiga —se animó entonces—. ¿Crees que pueda practicar un poco en el quimbalete?

—¿Quiere subir?

—Sí. Me gustaría hacer lo que estás haciendo. Parece fácil.

—Sí. Es fácil. Voy a descansar un ratito.

Pechito bajó con doble salto.

—Suba —le dijo—. Debe subir con cuidado hacia el centro del tablón.

Néstor Paz colocó primero el pie izquierdo sobre el borde de la poza y desde ahí, pero aferrado del palo vertical, se impulsó para llegar con el otro pie hasta el centro del tablón, tal como le había sugerido el minero.

Ya arriba se acomodó. No fue difícil mantener el equilibrio. En esa posición se sentía seguro.

—Sin soltarse del palo vertical, debe separar las piernas hacia cada extremo del tablón, una vez en esa posición suelte un pie e inclínese hacia el otro pie hasta que sienta el movimiento hacia abajo, entonces recién ahí debe comenzar a bambolearse —indicó el minero.

Así lo hizo. Néstor Paz separó las dos piernas tras dar un par de pasos pequeños, o más bien arrastrar dos veces los pies, cada uno hacia ambos extremos del tablón, pero manteniéndose en el centro. En seguida soltó el pie izquierdo y se inclinó hacia su derecha para desplazar el punto de equilibrio hacia esa dirección. El cambio paulatino lo recibió con la candidez de niño. Le recordó al sube y baja de los parques infantiles.

Entonces ocurrió lo imprevisto. En un instante. Rápido.

Nadie le dijo a Néstor Paz que debía mantener el ritmo y que, en los momentos periódicos, entre el sube y baja, o mejor entre el baja y sube, debía pisar con el pie que había soltado, soltar el pie que se encontraba firme sobre el tablón e inclinarse en sentido contrario al del movimiento para contrarrestar la fuerza de ida.

Fue el movimiento de bajada que no le dio tiempo de bambolearse. Es posible que esperara un movimiento suave y no uno brusco o tal vez debió practicar descalzo como los mineros y no con los botines puestos. El asunto fue que resbaló o porque el movimiento de bajada le tomó por sorpresa o porque su peso lo forzó a soltarse del palo vertical o ambos, en fin. El hecho fue que perdió el equilibrio, resbaló suave al comienzo, como en cámara lenta, y luego cayó como un saco de papas en una posición difícil de imitar, con una pierna dentro y la otra sobre el borde de la poza.

Pechito y su compañero quedaron impresionados, pero solo al comienzo porque después percibieron como si Néstor Paz estuviera practicando un tipo de malabarismo extraño. Lo vieron zigzaguear en el aire como una culebra al tratar de asirse de algo, de cualquier cosa, para mantenerse en equilibrio, pero todo intento fue inútil.

Durante el trayecto accidentado, Néstor Paz no encontró nada de qué aferrarse, ni un apoyo siquiera con que pudiera detener la caída que fue recibida con sonoras carcajadas por los dos mineros. Inevitable que ambos dejaran de celebrar un incidente tan jocoso por lo torpe de los movimientos.

Luego de levantarse con algo de esfuerzo y sobarse el trasero a consecuencia del golpe, Néstor Paz trató de limpiar el lodo con que se había empapado la camisa, el pantalón, los botines, pero a pesar del intento no fue suficiente. Su ropa quedó embarrada por completo.

—¿No es que parece fácil?

—Ya basta —les dijo a los dos mineros que no paraban de reír, pero en tono lastimero.

—No se preocupe —le dijo Pechito, tratando de disimular la risa—. Más tarde iré donde Juana Ibarra.

—Ahí lo espero.

Al tiempo que se retiraba del corralón, Néstor Paz siguió escuchando los rezagos de risas de los dos mineros. La risa de Pechito estaba acompañada por una tos persistente. «Debe encontrarse muy enfermo», pensó.

34. Reto

Pechito, que se cubría la cabeza con el gorro quepí color verde militar, fue el primero que le vendió las charpas de oro. Fue poco antes de que muriera el día.

Con las charpas y las herramientas para el refogueo, Néstor Paz se dirigió al canchón seguido por Pechito. Ahí volteó a la izquierda y avanzó hasta un rincón, en contra del viento. Se colocó una mascarilla negra para protegerse del vapor de mercurio, prendió el soplete y se puso a refoguear las charpas que acababa de recibir y que previamente las había colocado en el matraz. No se detuvo hasta convencerse de que el vapor de mercurio se hubo disipado por completo y que oro puro se encontraba dentro del matraz.

Finalizado el refogueo, regresaron luego de varios minutos. Néstor Paz pagó a Pechito tras pesar el oro en la balanza y calcular su valor en moneda nacional.

—Gracias por venir.

—Gracias a usted —respondió Pechito sonriendo después de contar el dinero—. Buen precio.

Mas tarde le fue mejor.

Poco antes de terminar la jornada, Pechito llevó a otro minero. Ambos ingresaron al salón de Juana Ibarra cuchicheando y riendo entre ellos. Por las miradas furtivas, Néstor Paz intuyó que hablaban de él.

—¿Dolió la caída? —sonriendo preguntó el otro minero luego de recibir el efectivo en moneda nacional a cambio de las charpas recién refogueadas y vendidas.

«Parece que empiezo a congraciarme», dedujo Néstor Paz. «Y me pinta que eso es bueno».

—¡Claro que dolió! —contestó Néstor Paz siguiéndole el juego—. Y mi ropa, mira, toda sucia —continuó forzando una sonrisa.

—A usted se le ve una buena persona —intervino Pechito—. Y justo. A pesar de que ha refogueado nuestras charpas, el precio que nos ha pagado es superior que el del *tambo*.

—¿El *tambo*?

—El que compra las charpas a los mineros de Jaquí.

—No sabía que era el *tambo*.

—El pagarnos el justiprecio dice mucho de usted. ¿No quiere saber cómo vivimos y cómo trabajamos?

—Claro que sí.

La respuesta fue rápida, sin titubeos, como si esa invitación significara el ingreso a una sociedad nueva y secreta y, por lo tanto, esperanzadora.

—¿Entonces qué le parece si mañana nos juntamos y yo mismo lo llevo?

—Ah, bueno.

Al día siguiente apareció en el salón de Juana Ibarra mientras tomaban desayuno.

—¿Está listo?

—Estoy listo.

Subieron a la camioneta, Pechito, Néstor Paz y los tres asistentes. Avanzaron en dirección de la cordillera. A los pocos minutos viraron hacia la izquierda por un camino carrozable bastante accidentado hasta un punto en el que el vehículo no pudo continuar.

Bajaron todos. Néstor Paz llamó con una seña disimulada con la mano al *gordo* Meza.

—Quédate aquí cuidando la camioneta —le dijo al oído.

Caminaron por la trocha otros tantos minutos. De pronto Néstor Paz divisó un paisaje rarísimo, como de un planeta desconocido o como si el tiempo se hubiera detenido desde épocas remotas.

Creyó, a primera impresión, que estaba viendo rocas enormes, sin embargo, más cerca, pudo comprobar que eran construcciones parecidas a los iglús pero que en reemplazo de los bloques de hielo utilizaron piedras. Un pedazo de tela colgada, que simulaba la puerta, cubría la entrada. Ahí vivía la familia, el minero, la mujer y los niños. Incluso servía como almacén. Una cocina rudimentaria de piedras y leña se ubicaba afuera, al aire libre, a unos metros, cerca de una mesa humilde sobre la que descansaban platos, tazas y otros utensilios de cocina.

Unos niños, cinco o seis, jugaban entre ellos. Parecía que jugaban a las escondidas porque uno contaba con los ojos cerrados al tiempo que los otros corrían a esconderse. No corrían rápido como suelen jugar los niños, sino algo lentos y torpes. Néstor Paz, sorprendido, pudo distinguir que estos niños, descalzos y sucios, también lucían el rostro de color cenizo y miradas cetrinas, aunque no tan marcadas como las de los padres.

Néstor Paz advirtió, a simple vista, cuatro o cinco construcciones similares. «Parece un campamento», se dijo. Lo cruzaron.

A unos cincuenta metros se encontraron, sobre la ladera de un cerro, con la boca de una mina. Avanzaron dentro de ella diez o quince metros. Tal vez algo más. Casi en penumbras y ya acostumbrado a la oscuridad, Néstor

Paz logró distinguir un trípode, una soga y un pozo profundo en el suelo y dos hombres que dedujo los estaban esperando. Uno de ellos encendió dos lámparas a kerosene que colgaban de las paredes de la mina y cerca del pozo.

—Buenos días —los saludó.

—Buenos días.

El trípode estaba hecho de madera rescatada de la mina abandonada con las patas alrededor del pozo y dispuestas sobre el suelo sin fijación alguna. Desde la polea, adherida al centro y en la parte superior del trípode, colgaba la soga que descendía hasta desaparecer en la profundidad del pozo.

—Aquí está nuestra mina —dijo Pechito.

—¿Dónde está?

—Abajo pues —señalando el pozo.

—¿Abajo?, ¿en ese pozo?

—Sí, abajo. Ahí está el socavón, a unos diez metros de profundidad. ¿No quiere ir?

«Este carajo me está pulseando», intuyó Néstor Paz. Si bien el pozo le infundía temor, no lo pensó dos veces. «O me lo gano, o se acaba el negocio».

—Claro. ¿Por qué no? ¿Cómo bajo?

—Agárrese de aquí —le señaló el extremo libre de la soga

Ese extremo terminaba en un nudo y un lazo que servía para apoyar la planta del pie. Introdujo el derecho. Con sus manos se aferró de la soga que continuaba al lazo. Colgado así, por ese extremo, lo bajaron con la ayuda de los dos hombres que estuvieron esperando. Estos, juntos y de modo coordinado, sostenían y soportaban desde la soga y desde el otro lado de la polea el peso de Néstor Paz.

Conforme descendía, Néstor Paz, que miraba hacia arriba, veía que la entrada al pozo se iba achicando. Sumado a los vaivenes debido al movimiento brusco de la bajada, de pronto apareció traicionero un temblorcillo en el cuerpo acompañado de un sudor frío en la frente. La respiración se volvió más rápida y superficial.

Néstor Paz no sufría de claustrofobia hasta el instante en que bajaba hasta las enormes profundidades de ese pozo.

Cada vez más distante de la seguridad que le ofrecía la superficie, percibió que el temblorcillo ya había llegado hasta las manos a pesar de que mantenía un agarre firme de la soga.

Justo tocaba el piso cuando lo abrumaba el pánico.

35. Socavón

Ya abajo lo recibieron otros dos mineros. Una lámpara a kerosene encendida se encontraba en un rincón del pozo. Luego de unos minutos bajó Pechito.

—¿Cómo le pareció el viaje?

—Bastante instructivo.

«Acá no vuelvo a bajar más», se dijo. Mientras los tres le hablaban, Néstor Paz no escuchaba nada porque su preocupación en ese instante consistía en cómo regresar.

Lo llevaron por un túnel casi horizontal.

—Este es el socavón —dijo Pechito.

Caminaron algo encorvados para no golpearse la

cabeza. Néstor Paz distinguió un travesaño adherido sobre el techo con dos puntales en los extremos que se supone debería servir para proteger al socavón ante posibles derrumbes. Más allá vio otras defensas similares, tres o cuatro, hechas todas de madera, muy posible rescatadas de la mina abandonada.

Debieron caminar quince o veinte metros cuando el socavón se bifurcaba en dos ramales. Tomaron el de la derecha. Dieron diez o quince pasos por ese ramal hasta toparse con una pared irregular.

—Seguimos a la veta —dijo Pechito.

—¿Cómo puedes saberlo?

—Por el tipo de mineral —y acercó la lámpara a kerosene hacia la pared frontal en donde ya se encontraban trabajando los otros dos mineros—. ¿Lo ves?

Después de acercarse, Néstor Paz pudo distinguir un material duro y algo transparente.

—Sí. Parece cuarzo.

—¿Ves que es una lámina delgada? Esperamos que nos lleve al bolsón.

—¿Cómo puede ser?

—Aunque no siempre, las vetas de oro suelen encontrarse incrustadas en el cuarzo. Por eso de aquí sacamos el mineral de cabeza.

Al tiempo que Néstor Paz observaba la lámina delgada de cuarzo, logró advertir que con un combo y un cincel uno de los otros dos mineros practicaba un orificio en ese lado del muro y el otro preparaba un explosivo.

—¿Siempre se llega al bolsón?

—No. Hay que tener suerte.

—¿Por qué?

—Porque estas vetas de cuarzo con algunas incrustaciones de oro suelen desaparecer. Entonces tenemos que trabajar duro para volver a encontrarlas.

—¿Conocen de algunos que han encontrado el bolsón?

—Sé de dos. Uno puso un negocio en Nazca y el otro se lo gastó en un mes entre parrandas, borracheras e invitaciones.

—¿Qué hacen mientras tanto?

—Vamos cavando y todo el mineral de cabeza que sale lo vamos juntando y almacenando en sacos y después que hemos juntado lo suficiente lo subimos y los llevamos a los quimbaletes.

—¿Cuántos días tardan en almacenar los sacos?

—De cinco días a una semana.

El minero que trabajaba con el cincel dijo que ya había terminado. El otro introdujo el cartucho dentro del agujero y encendió la mecha con un fósforo.

—¡Listo! —Y salió corriendo seguido por su compañero.

—¡Corre! —gritó Pechito que también salió apresurado casi al mismo tiempo en que los otros dos emprendían la retirada.

Apenas escuchó el grito y al ver la mecha encendida, Néstor Paz también corrió desesperado detrás de los otros tres. Corrió como nunca. Voltearon a la izquierda en ángulo recto cuando sobrepasaba a Pechito. A unos metros de esa curva escucharon el estallido acompañado de un remezón. El túnel se llenó de una nube de polvo y piedrecillas cuyos golpeteos dieron la impresión de que serían aplastados por la mina. Néstor

Paz aumentó la velocidad hasta cobijarse a la altura del pozo y aferrarse de la soga. Le temblaban las piernas.

Si Néstor Paz sufrió de claustrofobia durante la bajada, la experiencia última, con la detonación de la dinamita, reafirmó su condición frágil ante la fortaleza de los mineros.

—No pasa nada —le dijo sonriendo Pechito—. Ya vamos.

En tanto Néstor Paz y Pechito se preparaban para salir, los otros dos regresaban hacia donde se produjo la detonación.

—¡Jalen! —gritó Pechito una vez que Néstor Paz introdujo la mitad del pie en el lazo y se aferraba de la soga.

Al tiempo que lo subían, Néstor Paz advirtió que una escalera construida de soga con pasos de madera se encontraba apoyada sobre la pared del túnel vertical y que se alzaba hasta la entrada. Antes de llegar a la superficie pudo ver, con mejor claridad, que si pudiera estirar los brazos en cruz entonces ambas manos podrían chocar con las paredes del pozo.

Cuando de regreso cruzaban el campamento, tres mujeres se encontraban a la vista, una cerca de la cocina y las otras dos preparaban algo sobre la mesa. Vestían ropa humilde y calzaban ojotas hechas de llantas viejas tan igual como los hombres.

La cocina rudimentaria estaba construida por piedras superpuestas que formaban un anillo, o semianillo porque por una abertura lateral la mujer encajaba el extremo prendido de un pedazo de leña o madera residual. Néstor Paz pudo observar que la candela salía por la parte hueca superior de ese semianillo de piedra y sobre el que colocarían en unos momentos la olla con los ingredientes de la comida que estaban preparando.

Fue la primera y última vez que Néstor Paz bajó a una mina, pero que, sin embargo, debió servir para ganarse el aprecio y algo de respeto de este grupo de hombres.

IV. MANIOBRAS

36. Ilusión

5:40 P.M.

A Néstor Paz le llegó la imagen de su amigo Carlos Bazán y su mirada adusta, aunque comprensible, dada la reducción de la rentabilidad debido a la desaparición de los dólares preferenciales. Esa imagen la relacionó de inmediato con el costo fijo y el volumen mínimo de oro que necesitaba comprar cada mes para cubrirlo. Sabía que él era el responsable no solo de lograrlo sino de obtener un margen de utilidad atractivo para mantener satisfecho a su amigo, además, por supuesto, para conservar el trabajo con el que le permitiera sostener a su familia.

El *profe* Machuca, en la mesa opuesta, leía otro de los tantos libros que llevaba consigo durante cada incursión al pueblo de Jaquí. Se había recostado sobre una silla en tanto que sus piernas descansaban sobre otra. Para soportar el trabajo aburrido de aquellos tiempos, se entretenía con la lectura mientras esperaba en ese rincón de la estancia. La misma rutina de todos los días.

Néstor Paz jaló una silla y se sentó enfrente de él. El *profe* Machuca no se hubo percatado de su presencia hasta escuchar el ruido de la silla. Cerró el libro y esperó atento.

Ya sentado, con la taza de café en la mano y con movimiento lento, Néstor Paz echó un vistazo a su alrededor, como si no tuviera prisa o como si dudara. No dijo nada de inmediato. Solo se sentó. Dio unos sorbos al café.

Luego de unos segundos cruzó los brazos y cerró los ojos no para dormir, sino para hablar, pero en voz baja.

—¿Qué lees?

—El *Mito de Sísifo*.

—¿De qué trata?

—Trata de lo absurdo que suele ser la vida y la forma de enfrentarla. Cómo *Sísifo* se burló de la muerte y de los dioses, entonces éstos lo condenaron a perder la vista y a empujar a perpetuidad una enorme roca redonda desde la base hasta la cima de una montaña. Una vez ahí, y luego de mucho esfuerzo, la piedra caía por su propio peso para que *Sísifo* volviera a subirla. Dice el autor que no hay castigo más terrible que el trabajo inútil y sin esperanza.

—Llevar y volver a llevar la misma roca desde la base hasta la cima de una montaña una y mil veces sin ninguna finalidad debe ser desesperante y trágico.

—También dice que se hace trágico solo en los raros momentos en que *Sísifo* era consciente de su desgracia, que podría darse en el momento en que descendía por la montaña para volver hacia su roca que acaba de caer. Dice también que, desde la perspectiva del autor, podía ver y sentir que *Sísifo* cambiaba el suplicio del dolor por otra actitud de alegría justo en el momento en que *Sísifo* terminaba de empujar la roca porque, a pesar de encontrarse ciego, debió saber que las vistas del paisaje estaban ahí y por lo tanto debió encontrarlo edificante. Dice que ese cambio de actitud debió salvar a *Sísifo* de su destino suicida.

—No sé porqué sospecho que hay muchos *sísifos* en este mundo. ¿Crees en la vida después de la muerte? ¿Crees que los muertos *pasan a mejor vida*?

—Más bien pienso ahora, después de haber conocido a esta pobre gente, si para ellos hay vida antes de la muerte.

—¿Crees que esa vida vale la pena ser vivida?

—Viven engañados con la ilusión de encontrar un *bolsón* de oro. Uno que nunca encuentran. No creo que valga la pena vivir engañados por una ilusión hasta que les llega la muerte.

—¿Y nosotros? ¿No crees que también vivimos por una ilusión? Diferente, claro, pero al final de cuentas es una ilusión.

—Creo que la diferencia es que somos conscientes de nuestra presencia en Jaquí. Venimos a comprar oro. Y lo compramos. Ellos creen que las charpas que logran extraer y vender les sirven como medio de subsistencia en tanto van por el *bolsón* y así se la pasan viviendo una vida miserable hasta que les llega la muerte. Es lo que creo que ocurrió con Pechito.

—Una pena. Al menos vive en ellos una esperanza.

—¿De qué sirve la esperanza en una vida que no conduce a nada?

Con el mismo movimiento lento, Néstor Paz se aseguró, esta vez, de que los comensales de las otras mesas no pudieran oírle, o que no se fijaran en ellos. Acercó sus labios al oído del *profe* Machuca. Al instante compartió su preocupación.

—Dice la vieja que debemos irnos antes de que anochezca. Dice que es por nuestro bien porque la zona está movida —susurró.

—No le creas, Néstor. A mí me parece que esos tipos están llorando por la herida. Como les estamos quitando sus clientes, no saben cómo deshacerse de nosotros.

—Eso mismo pensaba. También me preocupa *sendero*.

—A mí no me preocupa. Ya sabes que las columnas de *sendero* se encuentran lejos.

—Es cierto, pero aun así no deja de preocuparme.

Con una ojeada disimulada, casi con el rabillo del ojo, Néstor Paz suspiró sereno al advertir que los otros hombres continuaban absortos con su comida. Continuó tras otro sorbo de café.

—¿Te has fijado que hay pocos mineros?

—No siempre llegan juntos, ni siempre son los mismos, ya sabes.

—¿No te parece raro que solo dos mineros se encuentren *quimbaleteando* a esta hora de la tarde? —insistió.

—No. De ninguna manera —contestó el *profe* Machuca como forzando una sonrisa—. Hemos experimentado días en que los mineros se peleaban por los quimbaletes y otros en que el corral se encontraba casi vacío.

—¿Te has fijado que estos mineros están callados, taciturnos, como si tuvieran un problema con la señora Juana?

—Siempre me han parecido raros. No les hagas caso.

—¿Te has fijado que los dos *espías* acaban de retirarse? Para mí eso es extraño porque por lo general se van tarde.

—Tal vez tuvieron un motivo. No les hagas caso.

Como los argumentos del *profe* Machuca le parecieron razonables, Néstor Paz le devolvió la sonrisa y tras ponerse de pie se dirigió hacia el corral.

37. Mineros

5:50 P.M.

Los mineros extraían el mineral de cabeza arriba, en los socavones. Allí, dentro de los agujeros hechos en el subsuelo, prácticamente vivían varios días como topos hasta reunir la cantidad de mineral suficiente de acuerdo con la capacidad de traslado. Lo acomodaban en sacos y lo bajaban al pueblo de las formas más variadas, en carretillas, en acémilas y sobre la espalda, hasta cualquiera de los establecimientos en donde se ubicaban los quimbaletes que los arrendaban no con dinero sino con el relave, con lo que quedaba del proceso del quimbaleteo.

Néstor Paz, como todo comprador, esperaba paciente que los mineros terminaran ese proceso y se animaran a venderle a él y no a los del *tambo*.

A pesar de que el precio debía influir en el mercado de venta y compra del oro en Jaquí, no era suficiente. Había otros elementos colaterales que Néstor Paz no podía controlar, pero que obligaban a muchos mineros de la zona a vender el oro al competidor a un precio más bajo del que él ofrecía, que de suerte no era el caso de los dos que estaban trabajando en el corral, detrás del salón de Juana Ibarra.

Estos dos mineros utilizaban un quimbalete de los cinco. Mientras uno echaba agua a la poza, el otro mecía el *macho*. Néstor Paz entendió, con el tiempo, que el agua facilitaba la pulverización.

—¿Todo tranquilo por acá?

—Todo tranquilo, don Néstor —respondió uno de los mineros mientras el otro lo observaba.

—¿Saben algo que yo deba saber? —preguntó con cierta timidez, en voz baja, tal vez para evitar que Juana Ibarra escuchara.

—No hay de qué preocuparse, don Néstor. Este oro será suyo.

—Lo sé. Me refiero a que si no hay otra novedad.

—No, don Néstor. Lo mismo de todos los días.

—Me alegro.

Así que Néstor Paz, algo tranquilo y sin dejar de levantar la mano en signo de aceptación, dio media vuelta dejando a los dos mineros abstraídos con la faena de esa tarde.

38. 173 gramos

6:00 P.M.

Néstor Paz regresó a su rincón, a la tercera mesa entrando a la izquierda. Ahí esperó a que otros mineros llegaran. Aunque el movimiento le pareció lento, sabía que en cualquier momento debían llegar. Esperaba completar más de 173 gramos tal como había calculado el *gordo* Meza durante el recorrido de la mañana.

Se retiraron los dos mineros que se habían situado en la tercera mesa de la derecha justo cuando ingresaban otros dos. Apenas se saludaron.

Ambos se acercaron a la mesa de Néstor Paz. Le entregaron sus charpas de oro.

El primero sacó del bolsillo cinco o seis charpas que entregó a Néstor Paz y ambos se retiraron al corralón mientras el segundo esperaba.

—Hasta ayer se saludaban y ahora nada. ¿Está ocurriendo algo malo que yo no sepa? —pregunto Néstor

Paz mientras se preparaba a refoguear.

—No, nada —contestó el minero de manera evasiva.

—Me extraña la frialdad con que se tratan todos ustedes hoy día. Algo está ocurriendo.

—No ocurre nada que yo sepa, si no se lo diría.

Regresaron. Después de pesar y pagar, Néstor Paz repitió el procedimiento con el otro minero mientras el primero tomaba asiento en la tercera mesa del lado derecho y en la que los dos mineros que recién habían salido la acababan de desocupar.

De nuevo intentó obtener información mientras se preparaba para el refogueo.

—¿Alguna novedad?

—No, don Néstor. Ninguna.

—A tu compañero se le nota bastante preocupado. Se le ve nervioso.

—Debe ser por el agotamiento. Todos los días lo mismo.

—Me imagino.

—Alguna columna de *sendero* se encuentra cerca, ¿verdad?

—No lo sé —respondió algo alterado —¿Mi compañero le ha dicho algo?

—Deduzco por lo que veo.

—No puedo decirle nada.

—¿Cómo?

—¿Cómo podría decirle algo que no sé?

—Tal vez lo sabes, pero no puedes decirme.

—No sé nada —y se volteó en señal de indiferencia.

—Está bien. No te preocupes. Es solo una corazonada.

Terminado el refogueo, regresaron los dos. Néstor Paz pesó y pagó al precio por gramo convenido.

El minero se sentó en la misma mesa en donde se encontraba sentado su compañero.

En la cuarta mesa de la derecha seguía sentado el primer minero que había llegado al salón: el *borrachín*. Había terminado de comer. Continuaba leyendo el pequeño libro de pasta roja. Néstor paz dedujo que ya no lucía como minero sino como campesino, por el sombrero de paja de ala amplia.

Hasta ese momento Néstor Paz no había dado importancia a su presencia. Se encontraba ahí, solo, como si no conociera a nadie. Como si fuera un extraño, un forastero. Pero no lo era. Sin embargo, los otros mineros, incluso hasta los que se habían ido, lo miraban como con recelo, a hurtadillas.

Desde el corralón se asomó otro hombre desconocido. Parecía haber salido de la casita de Juana Ibarra porque Néstor Paz pudo ver que venía desde esa dirección. Vestía ropa humilde, pero no de minero. Más parecía otro campesino porque llevaba un sombrero de paja similar al del hombre sentado en la cuarta mesa de la derecha, al del *borrachín*. Pantalones caqui sueltos, camisa gris, chompa de lana oscura y botas de faena. Saludó a los presentes, incluso a Néstor Paz. Fue un saludo algo sencillo porque solo levantó la mano y dijo algo entre dientes.

Al verlo ingresar al salón, los mineros guardaron silencio. Desviaron la mirada de inmediato, como si quisieran escabullirse. El murmullo que se escuchaba cambió de modo abrupto a un mutismo profundo apenas el desconocido dio el primer paso dentro del salón. Solo se escucharon sus pisadas sobre el piso de barro.

El desconocido se sentó al costado derecho del *borrachín*, que continuaba leyendo el librito de pasta roja, en la cuarta mesa de la derecha, en una silla cuyo respaldo pegaba a la pared posterior. Desde ahí, al desconocido se le presentaba el panorama completo: el salón con sus comensales. Hablaron ahí no más de cinco minutos. Tal vez seis. Por la forma como ambos lo miraban, de manera sigilosa, discreta, a Néstor Paz le llegó la sensación como si estuvieran hablando de él.

Por último, después de levantarse y regresar por donde vino, le regaló a Néstor Paz una sonrisa forzada.

«No recuerdo haberlo visto antes, tampoco lo imagino en algún socavón y menos cargando los sacos de piedras de cabeza sobre la espalda».

39. Sacos sobre la espalda

Durante la noche durmió intranquilo debido, tal vez, por el recuerdo vívido de la explosión de la dinamita en el socavón. «Había que ser bárbaro para trabajar con semejante riesgo».

Al día siguiente, luego de recorrer Jaquí y conversar con los mineros que trabajaban en los quimbaletes, se dirigían a donde Juana Ibarra cuando distinguieron, a lo lejos, que bajaban cinco hombres. Bajaban lento, con esfuerzo. Por la distancia, se les veía bastante pequeños. Eran cinco los hombres que bajaban por un camino solitario.

Néstor Paz y sus tres asistentes observaban callados. No habían visto desfilar a nadie de esa forma. El *profe*

Machuca apagó el motor como si los cuatro se hubieran puesto de acuerdo con que la prioridad de ese momento era prestar atención al espectáculo que se les presentaba a la vista. Así que bajaron, se recostaron sobre la camioneta y se dedicaron a observar. A solo eso. A observar.

Como a cien metros se les pudo distinguir mejor. Parecía que el de adelante marcaba el paso. Caminaban en fila india, uno detrás del otro, con trancos medidos, como si escudriñaran el terreno o como si mostraran respeto por el camino irregular por el que estaban obligados a ir y volver.

Aunque analizando mejor y porque se les distinguía algo encorvados, el andar cuidadoso sugería que tal vez se debía a la necesidad de balancear la pendiente de bajada del camino con algún peso que llevaban en la espalda.

—Son cinco hombres que vienen desde arriba, al parecer desde los socavones—dijo el *profe* Machuca.

—Deben traer algo pesado —agregó Néstor Paz.

Más cerca comprobaron que llevaban fardos sobre las espaldas, como si fueran costales de papas y que, por el esfuerzo desplegado, sugería que los bultos eran muy pesados. Además, por la ropa vieja y sucia, se podía predecir que eran mineros. Sí, eran cinco mineros que traían la carga pesada sobre sus espaldas.

—Debe ser el mineral de cabeza que traen desde los socavones —dijo Néstor Paz.

—Sí. —respondió el *profe* Machuca—. Deben traerlos desde lejos.

Los cinco saludaron con desgano cuando pasaron cerca, es posible por la respiración. Néstor Paz y sus asistentes respondieron el saludo con la mano.

Respiraban agitados, como si les faltara oxígeno. A pesar de que se les percibía extenuados, no desistían. Néstor Paz estimó que venían caminando no menos de dos kilómetros, pero a pesar del peso que llevaban sobre las espaldas, los cinco hombres continuaban caminando con cuidado y determinación. Lento y metódico. Ni las gotas de sudor que resbalaban por las mejillas ni las camisas empapadas podían detenerlos de sus propósitos.

Mostraban una habilidad insuperable, ganada tal vez por los cientos y miles de veces transitadas por el mismo lugar, como si hubieran dejado sus huellas en el camino y que solo ellos mismos pudieran detectarlas.

Días después Néstor Paz mencionó a su familia que lo que vio no fue en realidad a cinco hombres llevando bultos pesados sobre sus espaldas, sino a una procesión transportando a sus muertos al cementerio y en donde los muertos eran los mismos mineros. Por lo menos eso se imaginó en ese momento o le pareció o vio de verdad, porque enfrente de él desfilaban a paso lento cinco hombres de aspectos semejantes a la muerte, por el envejecimiento prematuro y por el color cenizo de sus rostros.

Encorvados bajo el peso de los sacos de mineral de cabeza, continuaban los cinco, uno detrás de otro, casi arrastrando los pies. A cada pisada levantaban una pequeña nube de polvo muerto que se deshacía con la siguiente pisada. Avanzaron lento una cuadra más hasta voltear a la derecha. Fue cuando los perdieron de vista a uno por uno conforme ganaban la esquina.

—Es lo que hacen —dijo el *profe* Machuca.

—Ahora entiendo el proceso—replicó Néstor Paz—. Bajan a los socavones, extraen el mineral de cabeza, lo van juntando durante varios días cerca de sus chozas hasta calcular la cantidad suficiente para transportarlo en sacos sobre sus espaldas o en acémilas, en fin, hasta los quimbaletes. Ahí obtienen las charpas de oro, las venden, compran sus alimentos y otras necesidades para subsistir durante unos días y, por último, regresan de nuevo a los socavones. Repiten el mismo proceso primero un mes con la expectativa de encontrar un *bolsón*. Al no encontrarlo, se animan por un año, luego otro, y otro más, hasta que se les acaba la vida. ¡Qué desperdicio!

—Es cierto. Una vida absurda.

Néstor Paz asintió.

—Prosigamos con nuestro trabajo —ordenó.

Los cuatro subieron a la camioneta para continuar con el trabajo rutinario del día.

40. Progreso

A eso de las tres de la tarde, una vez que almorzaron e intercambiaron ideas en la tercera mesa de la izquierda de la posada de Juana Ibarra, el *gordo* Meza y el *flaco* Vizcarra salieron a custodiar la entrada desde afuera. El *profe* Machuca se ubicó en la primera mesa de la derecha, en tanto que Néstor Paz no tuvo necesidad de moverse. Ya se encontraba ubicado en su sitio habitual de operaciones, en la tercera mesa de la izquierda.

«Ahora a esperar», se dijo.

Néstor Paz esperaba que los dioses se apiadaran de él. Tal vez oró o rogó o prometió tantas cosas al Altísimo que sus súplicas debieron llegar a su destino.

Hora u hora y media después, llegó un minero. Tras ingresar, se dirigió de frente hacia la tercera mesa de la izquierda.

—He venido a venderle mis charpas de oro.

—¡Qué bueno! —contestó Néstor Paz sin mostrar ni demasiada alegría ni indiferencia exagerada ante el primer vendedor del día.

Debía comportarse de acuerdo con el protocolo de un solo artículo que él mismo se había impuesto: tratar con seriedad y respeto al minero.

Una vez que Néstor Paz refogueara las charpas y pesara, contó en billetes y en monedas el monto a pagar al minero.

—He escuchado que usted ha entrado a uno de los socavones —comentó éste cuando recibía el dinero.

—Así es.

—El socavón es para valientes, ¿no es verdad? —dijo sonriendo.

—No hay duda. Hay que ser muy valiente para tanta osadía —le siguió la corriente con otra sonrisa.

—¿Entonces ya sabe cómo trabajamos?

—Ya lo sé. Felizmente que no me dio un infarto del susto.

El minero rio.

—Pero usted fue valiente al entrar al socavón.

—¿Eso crees?

—Sí. Por supuesto. En cambio, los del *tambo* ni siquiera se asoman por allí.

—¿Los del *tambo*?

—La gente que nos viene comprando las charpas de oro.

—Ya veo.

—Gracias don Néstor.

Una hora después llegaron dos. Así como el primero, se dirigieron de frente donde Néstor Paz. Luego de sentarse, colocaron sobre la mesa no más de seis charpas cada uno.

—Queremos venderle nuestras charpas —dijo uno de ellos.

—¡Qué bueno! —contestó Néstor Paz con tanta naturalidad como si fuera un comprador de charpas de oro experimentado.

Realizó el mismo trabajo: refoguear, pesar y pagar.

Los dos recibieron el dinero sin moverse de sus asientos.

«Es extraño», pensó Néstor Paz.

—Gracias —les agradeció acompañado de un gesto amistoso, pero que fue confundido como una venia.

Los dos mineros se miraron entre ellos. Sonrieron.

—Así que intentó ejercitarse en un quimbalete —comentó uno.

—Fue mala suerte.

—No fue mala suerte. Fue José.

—¿Pechito?

—El mismo.

—¿Qué pasa con Pechito?

—Ese es un jijuna. Debió advertirle que los novatos empiezan a trabajar en quimbaletes cuyo apoyo es un arco con travesaño horizontal sobre la cabeza, para que vayan agarrando seguridad. En aquellos de apoyo en palo vertical no hay novato que a la primera no haya perdido el equilibrio. Y todavía con zapatos.

Rieron.

—Con razón, carajo —maldijo Néstor Paz, como si recién advirtiera que Pechito lo había embromado en varias oportunidades.

Néstor Paz aceptó la broma, aunque en apariencia de mala gana.

Los dos mineros se levantaron.

—Gracias don Néstor. Tal como escuchamos, vemos que sus precios son justos.

Por último, casi al terminar la jornada, tres más llegaron a negociar. Néstor Paz se granjeó con ellos ciertos diálogos y risas similares a los que entabló con los mineros que los antecedieron.

Ese día Néstor Paz compró charpas de oro a seis mineros. No estaba mal.

Hubo de notar, también, y por primera vez, una estela de buen humor en el ambiente. Los mineros que llegaron ese día cruzaron con Néstor Paz gestos, risas y palabras que en realidad fueron honestas, además de tranquilizadoras para el negocio, a pesar de que unos se referían a la experiencia timorata en el socavón y otros al intento vergonzoso en el quimbalete.

El comportamiento huraño y desconfiado, como si se mantuvieran a la defensiva, cambió de pronto, en estos mineros, por otro amigable.

Néstor Paz consideró la posibilidad de que el cambio se debía a que alguien propagó el rumor de que él se había convertido en el centro del juego de Pechito. Si ese supuesto fuera cierto, no le quedaba otra opción que aceptar con beneplácito la astucia desplegada por el minero.

41. Pechito

Poco después, Néstor Paz entendió que, en realidad, Pechito lo había embromado, no tanto por él sino por el bien de los mineros.

Pechito creía que Jaquí necesitaba otro comprador de charpas de oro que pudiera competir con los del *tambo*, otro que pudiera mejorar el precio y, por lo tanto, la calidad de vida de sus coterráneos.

«Si hubiera otro comprador», pensaba, «cambiaría la cara de Jaquí».

Entonces llegó Néstor Paz.

Lo vio ingresar al corralón en donde se encontraba quimbaleteando el mineral de cabeza. Solo de verlo, a primera vista, le dejó la mejor de las impresiones. Irradiaba inocencia en el negocio y, sobre todo, despedía una aureola de honestidad.

«Este es», se dijo. «Es de la ciudad y se le nota interesado».

Así que no escatimó ningún esfuerzo en darle la información necesaria, pero solo aquella que pudiera entusiasmarlo.

Cuando volvió a verlo, casi saltó de alegría. Transcurrió una semana desde que lo conociera y esta vez, pensó Pechito, ha venido a quedarse.

«Ahora falta convencer a la gente», se dijo.

No necesitó ni siquiera estudiar ni planear las maniobras porque estas se presentaron fáciles, como caídas del cielo, porque Néstor Paz se prestaba para el juego.

Así que, para bien de Néstor Paz, los mineros siguieron llegando con la intención de negociar la venta de sus charpas. En ocho días completó casi un kilo de oro refogueado. Contento regresó a Lima un viernes y volvió a Jaquí un lunes.

Ese día algunos mineros esperaban expectantes, también al día siguiente y así los subsiguientes días. No eran muchos, pero suficiente como para completar el kilo en una semana.

En su recorrido matutino ya no encontraba hombres huraños, sino mineros que lo saludaban con cordialidad.

«La cara de Jaquí está cambiando», razonó.

En los momentos en los que esperaban sus turnos donde Juana Ibarra, formaban grupos y bromeaban entre ellos.

—Son cinco gramos —cantó Néstor Paz a un minero luego de pesar el oro refogueado.

—Has quimbateteado todo el día y solo has conseguido cinco gramos —dijo uno en voz alta en tono de burla.

Se escuchó una risotada. Los presentes se divertían a costa del minero que acababa de vender sus charpas.

—No sabes trabajar. Ve a trabajar a Nazca —se le escuchó a otro secundando al primero.

Se divertían y se bromeaban entre ellos, incluso el minero que acababa de ser molestado se integró al barullo.

A Néstor Paz se le cruzó por la mente, por lo que veía, que estaba descubriendo a un gremio, porque en realidad formaban un cuerpo que se manifestaban y actuaban en armonía.

«Y en todo gremio siempre hay un líder».

A los mineros se les percibía animados, excepto, advirtió Néstor Paz, a dos que se habían aislado en la primera mesa de la izquierda. No reían ni participaban ni conversaban entre ellos ni con los del grupo. Solo observaban callados, parcos, como si reprobaran la actuación de sus paisanos.

«Solo les falta registrar en una libreta cada detalle de lo que están viendo», juzgó Néstor Paz. «Nos acostumbraremos a soportar a estos majaderos».

V. AMENAZAS

42. Insistencia

6:30 P.M.

No habría transcurrido más de un minuto cuando Juana Ibarra apareció con dos platos de comida. Los dejó en la tercera mesa de la derecha, en la que se encontraban sentados los dos mineros que recién habían llegado.

En vez de regresar, Juana Ibarra se acercó a la mesa de Néstor Paz. Se sentó.

«Dos veces hoy por la tarde», pensó Néstor Paz. «Tal vez ella tenga razón y yo no».

—Ya va a oscurecer, señor. Ya váyase que todavía es de día.

—¿Sabe qué?, estoy por completar 173 gramos esta noche. Varios mineros se han comprometido conmigo y no les voy a fallar. Es cuestión de una hora. No más.

—Tal vez una hora es mucho tiempo, don Néstor.

—No, el tiempo pasa rápido, una hora y me voy.

—Es por su bien, váyase ya.

—Como le dije, voy a esperar un ratito más.

La mujer se levantó, pero antes de retirarse le tomó de la mano.

—Usted salvó a mi hijo. Esta es la única manera de retribuirle mi agradecimiento. Váyase. Es por su bien.

Ingresaron dos comensales más. Se sentaron en la

segunda mesa de la izquierda, contigua con la de Néstor Paz. Uno de ellos se acercó tras dejar un bolso sobre una silla.

Mientras Néstor Paz le recibía las charpas, Juana Ibarra regresaba por la puerta posterior llevando tres lámparas a kerosene encendidas. Las colgó en unos ganchos que pendían desde el techo en tres puntos equidistantes a lo largo del pasillo central.

El salón, que oscurecía, se llenó de pronto con una nueva luz, que, aunque iluminaba la noche, traía consigo sombras inquietantes.

Néstor Paz, acompañado por el minero, refogueó, pesó y pagó. Esta vez optó por no preguntar.

El minero se sentó junto a su compañero, en la segunda mesa de la izquierda. Le entregó una parte del dinero que había recibido.

Los dos mineros que se habían sentado en la segunda mesa de la derecha se retiraron sin despedirse. Solo se levantaron y se fueron.

Salieron los dos mineros que trabajaban en el corral. Se sentaron junto a Néstor Paz. Le extendieron las charpas de oro que eran como nueve o diez. Con uno de ellos fue a refoguear las charpas en tanto que el otro se quedó esperando.

Mientras preparaba el procedimiento, se le ocurrió preguntar.

—¿Está ocurriendo algo?

—No. ¿Qué podría ocurrir? —respondió el minero con cierta animosidad.

—¿No sabes nada?

—¿De qué?

—De *sendero*.

—No. Están lejos.

—Entonces no sabes nada.

—Si supiera algo se lo diría.

«O no saben o no quieren responder», pensó Néstor Paz.

Regresaron los dos. Después de pesar y pagarle, el minero, con su compañero, se sentaron en la primera mesa de la izquierda. Se repartieron el dinero. Sonrieron luego a Néstor Paz, como muestra de agradecimiento.

Juana Ibarra ingresó con dos platos de comida. Los dejó en mesa de la primera mesa de la izquierda. Los dos comensales agradecieron. Se pusieron a charlar como de costumbre, como si no pasara nada.

«Estos dos son los únicos que se comportan con normalidad».

Néstor Paz, sentado en su rincón habitual, distinguió que detrás del salón, casi a la entrada de la casa de Juana Ibarra hacia donde él podía ver en línea diagonal, conversaba ella con el hombre que había entrado minutos antes y que se había reunido con el *borrachín*. Abrió los oídos en vano. Desde donde se encontraba sentado no podía escuchar nada.

Hablaban en voz baja.

43. Jacinto Ibarra

7:00 P.M.

El hombre desconocido, que vestía diferente, tal vez como campesino y no como minero, de piel curtida y algo somnoliento, parecía preguntarle algo a la mujer al tiempo que volteaba en dirección de Néstor Paz, como si lo estudiara. Volteó dos o tres veces y por cada vez ladeaba la cabeza hacia uno y otro lado. Por otra parte, Juana Ibarra se remitía a encoger los hombros o a abrir las manos.

Debió transcurrir poco tiempo, tal vez no más de dos minutos, cuando el hombre la sujetó de un brazo y la llevó a un costado, detrás de la pared que separaba un ambiente del otro y hacia donde Néstor Paz no podía ver.

Tras apurar los últimos sorbos de café casi frío que le quedaba en la taza, Néstor Paz tomó un pedazo de pan con queso. Intentó levantarse justo cuando el desconocido venía a paso lento. Lo observó acercarse desde el otro lado del salón. Era delgado y algo bajo de estatura. No debía medir más de metro con sesenta centímetros.

Primero se acercó a cada una de las otras mesas. Dijo algo, aunque se escuchó como un murmullo. Los oyentes asintieron. Néstor Paz observó el detalle: los mineros lo trataban con respeto, como si el desconocido tuviera ascendencia sobre ellos.

Al regresar, y una vez que se encontraba cerca de Néstor Paz, se sentó en la silla de paja adyacente. Le dijo en voz baja, casi al oído:

—Vengo a hablar con usted. Soy Jacinto Ibarra, marido de Juana Ibarra.

—Mucho gusto. Soy Néstor Paz…

—Sé quién es usted, por eso estoy acá.

—A usted no lo conozco. Recién lo veo.

—Trabajo lejos. Vengo con poca frecuencia. Nos habremos cruzado por lo menos un par de veces. Yo a usted sí lo recuerdo muy bien.

—Tal vez nos hayamos cruzado, pero mi memoria no me ayuda.

Jacinto Ibarra esperó con un mutismo expectante, como si quisiera encontrar palabras apropiadas. Luego de unos segundos continuó:

—Mi mujer ha hablado con usted. Le ha pedido que se vaya.

—Es cierto, pero todavía no puedo irme. Estoy esperando a algunos mineros que se han comprometido venderme sus charpas.

—Por su bien es mejor que no los espere. Debe irse pronto.

—Prefiero esperar.

—La única razón por la cual estoy aquí es por mi mujer. Me ha rogado que hable con usted, que lo convenza, porque usted es un buen hombre. No olvida que un día usted la ayudó.

—Hice lo que debía hacer.

—No todos hacen lo que deben. Usted lo hizo. Por eso mi mujer insistió para que hablara con usted. Para convencerlo. Yo no quería venir, pero mi señora insistió.

—Su esposa es una buena mujer.

—Ella le dijo que se fuera, pero usted no entiende. No se quiere ir. Ahora le estoy advirtiendo de buenas maneras para que su vida no corra peligro, ni la de usted ni la de sus acompañantes.

—No va a pasar nada —respondió Néstor Paz en tono amigable.

—Por su bien es mejor que siga mi consejo. Aquí corre peligro.

—¿Quién es usted para advertirme?

—No importa quien sea yo. Solo le estoy advirtiendo como muestra de correspondencia ante su actitud benefactora para con mi familia.

Néstor Paz lo miró con sarcasmo, hasta con recelo. «Se han puesto de acuerdo para asustarme», pensó. «Y éste también se ha prestado al juego. El dinero corrompe y socaba hasta al más recio».

—¿En qué se basa para decirme que me vaya? ¿Acaso le han dado algo de dinero para asustarme?

—Ese no es el motivo. Es otro.

—¿Acaso podría haber algún otro motivo como el que los mafiosos los hayan comprado?

—Ya le dije que ese no es el motivo, aunque tiene que ver con ellos.

—¿Podría haber algún otro motivo?

—Está bien. He escuchado que una columna de *sendero* se encuentra cerca, que esta noche tomarán Jaquí.

—Lo que creo es que ustedes se han propuesto asustarme.

—Créame que la columna se encuentra bastante cerca, aquí no más.

—¿Como podría creerle?

—¿Usted cree que estos hombres son felices? ¿Cree que las familias de estos mineros son felices?

Néstor Paz se quedó pasmado ante la pregunta, que más parecía que traía consigo una respuesta ulterior. ¿Y por qué la pregunta? Prefirió seguirle el juego.

—No lo creo.

—Es por ellos. Vienen por ellos.

—¿Que vienen por ellos? ¿A qué?

—Ya lo entenderá.

—No me convence.

—Es por su bien. Debe irse.

En un solo instante Néstor Paz creyó entender la estratagema. «No hay duda. Quieren asustarme», se dijo. «Para que deje el negocio. Sinvergüenzas. Y están usando a esta pobre gente para engañarme».

—Es mejor que se vaya —Le dijo Jacinto Ibarra al despedirse.

«Con Pechito sabría a qué atenerme. Una pena que nos haya abandonado tan pronto».

44. El tambo

Apareció Pechito días después de que Néstor Paz descubriera sus maniobras. Se sentó enfrente de él. Varios mineros se encontraban cenando en diferentes mesas, excepto tres de ellos que habían ocupado la primera mesa de la izquierda. Solo observaban cada movimiento de Néstor Paz, del *profe* Machuca y de los mineros que ingresaban a vender sus charpas.

—Buenas tardes —saludó sonriendo, al tiempo que le extendía una bolsita de tela gris amarrada con un pasador. Corral

—Hola Pechito —Néstor Paz contestó el saludo.

Ambos sonreían.

Néstor Paz extrajo varias charpas de la bolsita, no más de diez. Ambos siguieron el camino que los conducía al corralón de los quimbaletes, al fondo a la izquierda. Ahí Néstor Paz, con Pechito como testigo, refogueó el mineral.

Tras regresar a la mesa, Néstor Paz pesó el oro, contó el dinero y entregó a Pechito en sus propias manos.

Entonces Néstor Paz advirtió las uñas. No eran uñas normales del color de la carne. Eran raras. Al menos para él, porque a simple vista denotaban la presencia de un mal extraño. Además de encontrarse estriadas y malformadas, el color le hizo recordar al granate del vino tinto.

Algo más que percibió Néstor Paz fue la tos. La tos de Pechito llegaba con mayor frecuencia. Pero no era el único que sufría de tos.

Se escuchaba tos por aquí, tos por allá y tos por todas partes. Se escuchaba cuando los mineros comían, cuando hablaban y cuando reían. La tos se había convertido en un síntoma tan común entre ellos que es posible que vieran extraño a quien no lo padeciera.

Alguna vez Néstor Paz pensó que en Jaquí vivían los mineros y la tos.

Aunque la particularidad que más impresionó a Néstor Paz fue que los viejos tosían más que los jóvenes, y los jóvenes más que los niños, si bien los viejos no eran tan viejos como aparentaban, ni los jóvenes tan jóvenes.

Una característica común que Néstor Paz pudo advertir también en los mineros, desde el comienzo, fue el andar lento y algo encorvados, como si no pudieran desprenderse de un fardo pesado que cargaban sobre las espaldas. Pechito era el prototipo, pero a pesar de este detalle, mantenía su actitud alegre y bonachona.

—Gracias —agradeció Pechito.

—No. Gracias a ti. Gracias por la ayuda.

—Veo que el negocio mejora.

—Sí. Como por arte de magia, la gente me está tomando confianza —contestó Néstor Paz con sonrisa suspicaz.

—La gente ya habla bien de ti y eso es bueno para todos.

—Por supuesto. Es bueno para ustedes y para mí.

Pechito agestó al mirar de reojo a la primera mesa de la izquierda.

—¿Ve usted a esos tres mineros de miradas ariscas? —dijo en voz baja señalándolos con los ojos.

—Sí. Están ahí sentados sin hacer nada. Solo nos observan.

—No le han vendido sus charpas, ¿verdad?

—No. Es frecuente que dos o tres mineros se sienten en ese rincón, como si el único propósito fuera el de observar. Y cuando están ahí, la atmosfera se vuelve pesada. Entonces los mineros que vienen con la intención de venderme sus charpas se retraen apenas los ven. Algunos se retiran y otros se acercan, pero con el entusiasmo apagado.

—Debe tener cuidado. Estoy seguro de que de aquí van de frente con el cuento al *tambo* a informar quienes vienen a venderle, el precio que paga y cuántos gramos compra.

—¿Crees que los del *tambo* son peligrosos?

—Claro. Tienen malas mañas.

—¿Son de la zona?

—No. Tampoco parecen ser dueños del negocio ni son los mismos, como si los cambiaran con cierta frecuencia.

—¿Cuántos son?

—Creo que son dos los que trabajan ahí, pero sus jefes viven en Lima. A ellos les deben rendir cuentas porque una vez al mes llega uno por la mañana. Nunca por la tarde. Debe ser el supervisor o algo por el estilo. Apenas se estaciona en la puerta del *tambo*, se acercan el alcalde y el comisario.

—¿Los has visto?

—De lejos. Por lo general conversan a puerta cerrada. Luego de una hora, más o menos, el desconocido se despide sin visitar ninguna otra casa ni los quimbaletes y menos los socavones. He escuchado que su plan del día es visitar varios centros mineros, tal vez por eso su estadía en Jaquí es rápida. Lo cierto es que no sabe cómo vivimos ni cómo trabajamos. Luego de algunos minutos de que el supervisor se haya ido, salen del *tambo* los dos, el sargento como el alcalde. Ambos creen que no los vemos.

—¿El sargento?

—El sargento es el comisario de Jaquí.

—Claro. ¿Cómo saben ambos que ha llegado el desconocido?

—Porque el *tambo* está ubicado justo en frente de la comisaria y a un costado de la alcaldía en la plazuela principal.

—Ya veo. ¿Entonces tú le vendías al *tambo* antes de que yo llegara?

—Claro. No tenía otra opción.

—¿El *tambo* es una tienda?

—No exactamente. Trabajan a puerta cerrada. El minero debe tocar y esperar que le abran. Una vez adentro, los del *tambo* refoguean las charpas, pesan y se cobran la deuda que el minero les debe. Entonces el minero compra ahí mismo a crédito todo lo necesario para subsistir y trabajar durante la siguiente semana. Cuando sale debe más de lo que debía cuando entró.

—Es un círculo vicioso.

—Difícil de salir. Es la razón por la cual muchos de ellos no puedan venderle sus charpas a usted. Sospecho que como esos tres deben estar endeudados hasta la coronilla, venir acá, solo para observar, no lo deben hacer gratis. Les deben haber ofrecido algún descuento de sus deudas.

—Ahora entiendo.

—Me parece que quieren intimidarlo.

—No creo que lo logren.

Esa semana le fue bien, en comparación con las semanas anteriores. Logró completar el kilo de oro en seis días.

45. Amenaza

En uno de los siguientes viajes, cuando transitaban por la calle lateral de la plazuela, divisaron al comisario que, en la esquina misma de la comisaria, zarandeaba de las solapas a un minero. Éste, algo jorobado y flaco de cuerpo a comparación del corpulento del comisario, parecía desarmarse ante cada sacudida.

Fue una visión aleccionadora.

Al tiempo que advertía que la camioneta de Néstor Paz se acercaba, el comisario dejó de zarandear al minero, incluso lo soltó, aunque no del todo. Le rodeó el cuello, como un abrazo amistoso, pero sujetándolo de la camisa para impedir que escapara.

Al pasar la camioneta por esa esquina, el comisario

cruzó con Néstor Paz una mirada inquisidora, de reconocimiento. Néstor Paz levantó la mano, o más bien los dedos, como saludo forzado de cortesía. El comisario contestó con un movimiento de cabeza.

Néstor Paz logró identificar al minero a quien, días atrás, le había comprado sus charpas. Algo maltrecho, encorvado y de rostro enjuto color cenizo, el minero, en esa posición indefensa y silenciosa, irradiaba un dolor profundo en el alma que se esparcía como una niebla grisácea por las calles, las casas, las chozas y los socavones hasta cubrir como un manto de desesperanza por todo Jaquí.

Metros después de haber dejado la esquina, el *flaco* Vizcarra, que no dejaba de observar el altercado, señaló que el comisario de nuevo zarandeaba al minero.

—Pobre hombre. Como si convulsionara en el aire.

Continuaron la rutina de la mañana, visitaron a los mineros en los quimbaletes, almorzaron donde Juana Ibarra y esperaron.

Casi al terminar la tarde, Néstor Paz ya había comprado las charpas a varios mineros y Juana Ibarra ya había colgado las tres lámparas a kerosene cuando llegó Pechito. Se saludaron, transaron la venta y compra y conversaron, primero de cosas intrascendentes y luego de aquello que podría interesar a Néstor Paz.

Pechito continuó, pero en susurro.

—Debe saber que, hace unos días por la mañana, llegó el supervisor al *tambo*. Cuando lo vi estacionarse, me acerqué con sigilo aparentando que quería venderles mis charpas. Como la puerta se encontraba semiabierta, logré ver el interior. Parecía que el supervisor les llamaba la atención o les daba instrucciones porque el comisario, el alcalde y los otros dos empleados escuchaban moviendo la cabeza en señal de aceptación. Pude escuchar al supervisor, en el momento en que me detuve cerca de la puerta, que les decía que debían resolver el problema para evitar que el negocio fracasara. Eso fue todo lo que escuché.

—Entiendo que se referían a mí —respondió Néstor Paz con el mismo tono de voz.

—¿A quién más?

—Claro.

—Ellos también portan armas. Los he visto.

—¿Crees que las utilicen con nosotros?

—Es posible, aunque deben actuar con cautela sabiendo que ustedes también las portan.

Silencio. Con una mirada rápida Néstor Paz recorrió el salón. Algunos mineros cenaban o bebían, el *profe* Machuca leía en la primera mesa de la derecha, dos *espías* observaban cada ocurrencia del salón desde la primera mesa de la izquierda y, en la cuarta de la derecha, el *borrachín* leía un librito de cubierta roja. Luego de unos instantes continuó, aunque ahora alertado por el riesgo que podría correr el negocio.

—¿Por qué me cuentas todo eso?

—Porque usted es un buen hombre, porque lo necesitamos. Debe mantenerse atento. No se confíe.

Pechito se despidió con una sonrisa complaciente.

Mas tarde llegó otro minero. Se sentó enfrente de Néstor Paz. Colocó una bolsita de tela sobre la mesa de donde extrajo varias charpas. Néstor Paz las contó. Eran diez. El minero guardó cinco y las otras cinco las dejó sobre la mesa.

—Solo puedo venderle la mitad.

—Está bien — contestó Néstor Paz—. Entiendo.

46. Medicina

El jueves no fue productivo. O tal vez sí, pero en otro sentido.

Néstor Paz abandonó sus actividades de rutina para ocuparse de otra humanitaria. Tal vez, analizando los pormenores desde un mejor ángulo, es posible que ese evento, a largo plazo, debió ayudarlo no solo con el negocio para el que se dedicaba en Jaquí. Aunque no fue programado, llegó de repente, sin avisar, así como llegan muchas cosas de este mundo en apariencia sin importancia, pero que con el tiempo se convierten en trascendentes.

Sucedió por la tarde. Néstor Paz vio a Juana Ibarra cargando a su hijo de un lado para otro. La vio salir a la calle y regresar luego de varios minutos. Mostraba un rostro compungido. Ese evento lo repitió varias veces. Durante una o dos horas. Le pareció un comportamiento inusual.

Tras salir y preguntar a sus asistentes que se encontraban sentados en las bancas del frontis del salón, le respondieron que habían visto a Juana Ibarra caminar apurada hasta la esquina en dirección de la plazuela y que ahí parecía esperar a alguien en vano.

—Se le nota preocupada —comentó el *gordo* Meza—. Creo que su hijo está enfermo.

Néstor Paz entró al salón. Juana Ibarra se encontraba sentada en una silla junto al mostrador. Mecía a su hijo que cargaba sobre su regazo. El pequeño sollozaba. Respiraba fatigado.

—Señora —se dirigió a Juana Ibarra—. ¿Qué sucede?

—Mi hijito está con fiebre.

—¿Cuánto de fiebre?

—Muy alta.

Con el dorso de la mano Néstor Paz tocó la frente del pequeño.

—¡Está ardiendo! —exclamó—. ¿Le está dando alguna medicina?

—Me han dicho que me van a traer, pero no me traen. En Jaquí no hay nada.

Néstor Paz pensó en sus hijos. Llevaba en la mente la preocupación de que la fiebre alta podría afectarles el cerebro.

—Póngale pañitos de agua fría —le dijo a la mujer—. Es la manera en que se puede controlar la fiebre.

Néstor Paz era consciente de que en Jaquí no había farmacia ni posta médica y menos un galeno que pudiera evaluar a los enfermos. Apenas un local pequeño de primeros auxilios que Néstor Paz nunca vio ahí gente, ni enfermeros ni pacientes. Si alguien enfermaba en Jaquí, la mejor opción, o la única, era ir a Yauca o a algún otro pueblo cercano.

—¿Cuál es la medicina que necesita? —continuó tras mirar a la madre afligida.

La mujer le dio un papel con las indicaciones de la medicina. Néstor Paz anotó en un cuaderno de notas. Aunque en ese momento no pudo explicarse de donde provenía la receta, tampoco se le ocurrió preguntar.

—Ya regreso —le dijo—. Voy a conseguirla.

Luego fue donde el *profe* Machuca.

—El hijo de la señora vuela en fiebre. Mejor paramos la operación —le dijo—. Vamos a traer la medicina que necesita.

El *profe* Machuca ayudó a Néstor Paz a guardar las herramientas de trabajo.

—Vámonos —ordenó a los otros dos cuando salía del salón.

Los cuatro subieron a la camioneta. Todavía no había oscurecido, así que el reloj debía marcar las cinco y media de la tarde o tal vez las seis, o algo más, de modo que los pocos mineros que Néstor Paz esperaba, porque estaba seguro de haberlos convencido por la mañana, recién estarían por llegar. «No importa», se dijo. «Mañana me recuperaré».

Llegaron a una farmacia pequeña en Yauca. La encontraron cerrada. Néstor Paz tocó la puerta varias veces sin recibir respuesta. Decidió entonces ir a Marcona. La única farmacia también se encontraba cerrada. Ante ese problema y considerando que su hermano era conocido, no le quedó otra opción que recurrir a él.

Apenas el hermano, que vestía en pijamas, escuchó a Néstor Paz el motivo de su presencia, se cambió de inmediato y se dirigieron hacia la farmacia. El farmacéutico, que vivía en el segundo piso, les abrió tras ver al hermano. Ya adentro, Néstor Paz arrancó la hoja del cuaderno de notas en donde había escrito el nombre de la medicina y se la entregó.

Néstor Paz recibió la medicina, pagó, llevó a su hermano de regreso a casa y retornaron a Jaquí. Llegaron tarde, poco antes de la medianoche. El salón se encontraba cerrado. Tocó la puerta. Juana Ibarra salió.

—Señora —le dijo—. Aquí está la medicina.

—Gracias don Néstor —fue la respuesta de Juana Ibarra acompañada de un sollozo.

—Ya nos vamos —Espero que su hijo mejore.

Juana Ibarra abrazó a Néstor Paz. Fue un impulso repentino, rápido, tímido y por tanto cálido. Le brillaban los ojos.

—Gracias —repitió Juana Ibarra.

Al tiempo que Néstor Paz se retiraba, Juana Ibarra cerraba la puerta. Aun así, pudo escuchar los pasos agitados de la mujer que corría hacia el fondo del salón.

El brillo en los ojos fue suficiente. Mejor que las palabras. Néstor Paz se sintió reconfortado.

Regresaron a Marcona muy tarde, de madrugada, agotados después de casi ocho horas de viaje casi ininterrumpido, pero satisfechos por la obra realizada.

Al día siguiente, cuando llegaron a almorzar, Néstor Paz se acercó apenas vio a Juana Ibarra.

—¿Cómo amaneció su hijo? —le preguntó.

—Mejor, gracias a usted.

Néstor Paz sintió más que alivio, una complacencia personal, mejor, de lejos, que si hubiera comprado oro el día anterior.

47. Muerte

Néstor Paz advirtió, conforme transcurrían los días, que la tensión existente al comienzo de su llegada a Jaquí se había apaciguado. La forma en que los mineros lo trataban, como con recelo, fue cambiando por otro más benevolente. Amical y con respeto. Ya no lo rechazaban. La relación con los lugareños mejoró tanto que se sentía como en familia. Si bien es cierto que ese cambio le atribuyó a la ayuda de Pechito, también contribuyó la oportunidad que Juana Ibarra hubo de ofrecerle.

Este evento, el de la compra de la medicina para el

Alberto Caballero

hijo de Juana Ibarra, aunado a la visita al socavón y la experiencia en el quimbalete, es posible que haya permitido a Néstor Paz que pudiera conversar y negociar con los lugareños con mejor ánimo y soltura. Lo más importante, creía, era que había logrado romper el hielo. Si ahora les preguntaba algo, o si buscaba la conversación, los mineros ya no mostraban un comportamiento hostil como antes. Y eso era bueno.

Aunque la compra de oro no aumentó de modo sustancial, Néstor paz pudo apreciar que el negocio mejoraba. Lento, pero mejoraba. Ya no requería más de cinco días para completar un kilo de oro.

Y así transcurrieron los días, las semanas y los meses. Pernoctar en Marcona, salir temprano hacia Jaquí, por lo general tomar desayuno en Yauca o en Jaquí, visitar y hablar por la mañana con aquellos mineros que trabajaban en los quimbaletes y, finalmente, esperarlos donde Juana Ibarra.

La rutina era la misma, excepto cuando al salón de Juana Ibarra llegaban dos o tres *espías*, se sentaban en la primera mesa de la izquierda y se ponían a observar. Eso era todo lo que hacían. Los *espías* observaban cada movimiento del equipo de Néstor Paz y de los mineros que llegaban a vender sus charpas. En esas circunstancias, la atmósfera del salón se tornaba pesada, tensa e incómoda, pero no tanto cuando llegaba el *borrachín*.

El *borrachín* aparecía en el salón de Juana Ibarra pocas veces, algunas de ellas coincidían con la visita de los *espías*. Había tomado la costumbre de sentarse en la cuarta mesa de la derecha, dejaba su mochila en el piso o la colgaba sobre el respaldo de la silla, extraía de ahí un libro y se ponía a leer. Y también a observar.

Néstor paz no conoció al alcalde, aunque le llegaban rumores acerca de su accionar, que era un papanatas, que se hacía de la vista gorda y que en lugar de trabajar para los que lo eligieron cuidaba los intereses del *tambo*.

Con el comisario se cruzaba una o dos veces al mes. Aunque trataba de evitarlo, con mucha frecuencia solía escuchar quejas de los mineros que, en resumen, afirmaban que el comisario se había convertido en el elemento duro del *tambo*.

A Néstor Paz no le preocupaba las andanzas del alcalde ni del comisario. Se sentía protegido por la gente que lo acompañaba. Sin embargo, le llegaron ciertas amenazas a través de terceros. Contó más de dos durante su estancia en Jaquí. La primera fue a través de uno de los *espías* que, tras acercarse de modo inesperado, le dijo:

—Deberían irse y abandonar todo porque la gente aquí es peligrosa.

—¿Qué gente? —reaccionó Néstor Paz casi de inmediato.

—No se haga. Ya sabe de qué gente hablo.

—Claro. De la gente del *tambo*.

—Solo váyanse y no regresen.

Y sin decir otra palabra, el *espía* dio media vuelta para regresar a la primera mesa de la izquierda.

Las siguientes amenazas vinieron de mineros ocasionales que llegaron a venderle sus charpas. Percibió que esas ventas eran solo excusas para infundirle temor, aunque los tonos que emplearon sonaron a advertencias.

Néstor Paz no se dejó intimidar. Desistió de aceptar cada una de esas amenazas porque las creía infundadas. Si bien el tiempo le dio la razón, consideraba que no debía descuidarse.

La muerte esperada de Pechito ocurrió algunos meses después de su llegada. Él fue, para Néstor Paz, el líder indiscutible que necesitaba el gremio de Jaquí. Se fue tras soportar no una enfermedad sino un envenenamiento gradual con vapor de mercurio.

Néstor Paz lo alertó desde que lo conociera, pero Pechito, así como los hombres de Jaquí, eran tercos y curtidos con el trabajo. Néstor Paz no pudo luchar contra esa cultura.

Primero, recordaba Néstor Paz y que le impresionó, fue el color cenizo del rostro y el envejecimiento prematuro. Luego fueron los síntomas respiratorios. La tos le inquietó. Era una tos extraña, seca, que fue evolucionando en otra persistente con expectoración de espuma algo rosada. Fue cuando ya sufría dificultades para respirar. Y las uñas. Las estrías y el color de las uñas eran de un oscuro intenso que hacía recordar al color del vino tinto.

Néstor paz no fue al entierro. No sabía que había muerto. Cuando notó su ausencia, preguntó al minero que solía acompañarlo.

—¿Qué es de Pechito? ¿Ya no trabaja contigo?

—Pechito nos dejó, don Néstor.

—¿Que los dejó?

—Sí. *Pasó a mejor vida.*

VI. Desesperanza

48. Desesperanza

7:30 P.M.

Néstor Paz lo siguió con la vista. Jacinto Ibarra salió por la puerta trasera hasta perderse a la altura de la casita aledaña.

No le llevó más de unos minutos para convencerse de que debía conversar con el *profe* Machuca. Con paso lento fue primero al corralón de los quimbaletes para cerciorarse de que todo iba bien. No encontró a nadie. Había olvidado de modo inexplicable que los dos mineros que se encontraban trabajando ahí ya le habían vendido sus charpas de oro.

Como Jacinto Ibarra no era visible, consideró que debía encontrarse en el interior de la casita. De ahí salió Juana Ibarra. Le sirvió otra taza de café.

Luego de respirar profundo, tomó algunos sorbos del café caliente. Regresó al salón. Tras caminar de largo hasta la primera mesa entrando a la derecha, se sentó en la misma silla que se había sentado momentos antes. Miró a su ayudante de frente, a los ojos, una vez que éste cerrara el libro que estaba leyendo. Dejó la taza de café sobre la mesa.

—Es Jacinto Ibarra, el marido de Juana Ibarra. Dice que ha escuchado que una columna de *sendero* se encuentra cerca, que van a entrar al pueblo esta noche y que por ese motivo nuestras vidas corren peligro.

—¿Tú le crees?

163

—¿Debería creerle?

—¿Y si dice la verdad?

Néstor Paz dudó un instante. El *profe* Machuca se caracterizaba por ser un hombre reflexivo.

—¿Cómo saberlo? —repreguntó Néstor Paz.

—No hay forma.

—Claro que no hay forma. ¿Y si les están pagando para asustarnos?

—En ese caso no corremos ningún riesgo. ¿Pero si dice la verdad?

—Entonces podríamos encontrarnos en peligro. Cincuenta por ciento de probabilidades.

—Eso creo.

—Me preguntó si creía que estos mineros son felices. ¿Qué crees?

El *profe* Machuca tragó saliva. Ante una pregunta abstracta le era difícil contestar.

—En tanto no son conscientes de su realidad… a pesar de eso, huelo infelicidad.

—¿De qué realidad hablas?

—Llevan sus vidas con la esperanza de encontrar un *bolsón*. Como sabemos que dos ya lo encontraron, esa esperanza se ha convertido en la razón de sus vidas. Por eso viven distraídos.

—¿Distraídos? ¿Qué estás diciendo?

—No son conscientes de su realidad. ¿Qué crees que pasaría si uno de ellos tomara verdadera conciencia de que nunca encontrarán un *bolsón*?

Néstor Paz miró alrededor, a los pocos mineros que se encontraban comiendo en el salón de Juana Ibarra.

El color cenizo de sus rostros y la apariencia servil y pasiva reflejaban la vida dura en Jaquí, de todos ellos y de sus familias. La infelicidad desbordada en todo el sentido de la palabra.

—¿Cómo podría amar la vida si no hay esperanza?

—Se hundiría en la desesperanza, porque entendería que cualquier esfuerzo sería inútil y, por tanto, su vida no tendría ningún sentido. Entonces, tal vez, llegaría al suicidio.

—¿Por la decepción? ¿Por la desesperanza?

—Si lográramos profundizar el tema, creo que este minero podría disponer de tres opciones, o hasta de cuatro: uno, el suicidio, porque encontraría que su vida no tendría ningún sentido; dos, aceptar y continuar con la misma vida a pesar de saber que nunca encontrará un *bolsón*; tres, mantener la esperanza de encontrar algún día un *bolsón*, que me parece que aquí debe encontrarse el tema principal; y, cuatro, rebelarse contra el sistema por el engaño sufrido.

—¿Consideras que estos mineros fueron engañados por vivir la vida que llevan?

—Creo que sí. ¿Y tú? ¿Crees que exista algo más cruel que alentar a alguien a vivir por una esperanza inalcanzable? ¿Toda su vida? ¿Quién o quiénes crees que los alientan?

—Claro. Los que se aprovechan de ellos.

—Los maestros del engaño.

—Aunque tal vez no tengan otra opción.

—Tal vez.

—¿Crees que llegarían al suicidio?

—Que sepamos, hasta ahora nadie se ha suicidado, sin embargo, ¿en qué condición crees que se encuentran? ¿No crees que ya se están suicidando? Observa bien sus rostros. ¿Qué crees que en realidad reflejan esos seres envejecidos de rostros color cenizo? ¿Acaso no reflejan la sombra de la muerte? Recuerda a Pechito.

Néstor Paz observó de nuevo alrededor. Los rostros envejecidos de los pocos comensales reflejaban, con meridiana transparencia, a la humanidad abandonada, a familias enteras proscritas y arrinconadas en tugurios insanos con la imposibilidad de conocer otro mundo más que el de ellos.

—Sí, la muerte les llega rápido, como si quisieran suicidarse.

—Ya se suicidaron. Aunque me imagino que viven una felicidad instantánea justo en el momento en que se encuentran triturando el mineral de cabeza extraído de los socavones. No sé si lo has notado, pero durante esos momentos viven una expectativa indescriptible por saber la cantidad de oro obtenido. Si obtuvieran una cantidad mayor de lo habitual, entonces sospecharían haber encontrado su *bolsón*. Creo que ese debe ser el único momento en que deben experimentar algo de felicidad, de que siguen vivos, por la hemorragia de adrenalina, hasta cerciorarse de que solo han obtenido la misma cantidad de oro que la vez anterior… y otra vez a los socavones, una vez más, y otra, y otra más, y así durante toda la vida. No hacen otra cosa más que ir a los socavones, venir con el mineral de cabeza sobre la espalda, triturarlo en los quimbaletes y regresar de nuevo decepcionados por completo. Repiten el mismo procedimiento una y mil veces para nada. ¿Qué vida es esa? No tiene ningún sentido.

—Se percibe abrumador y asfixiante.

—¿Qué crees ahora que sienta uno de estos mineros si fuera consciente de que ni su vida y ni la de sus hijos tiene ningún sentido? Tal vez en este caso, el minero podría considerar que el suicidio podría convertirse en una opción digna, pero como sabemos, nadie hasta ahora se ha suicidado.

—Yo creo que la muerte da sentido a la vida, como la vida, al nacimiento. Nacemos, vivimos y, por último, morimos. El destino del nacimiento es la vida, y de la vida, la muerte. Es el principio de la secuencia ineludible, o de otro modo, el sentido de algo es su consecuencia. Eso es lo que creo. Algunos alegan que el opuesto de la vida es la muerte. Yo creo que el opuesto de la muerte es el nacimiento. Para morir, primero hay que nacer.

—Lo percibo como una teoría pesimista. Muy fría. Es como decir que, si de todas maneras vamos a morir, entonces la vida no tendría ningún sentido. ¿Vivir para morir? ¿Así de sencillo? De ese modo, como lo dices, creo que la vida sería absurda. Creo que lo mejor es darle sentido a la vida: vivir bien para morir bien.

—Tal vez tengas razón. Pechito fue uno de ellos. A pesar de su pobreza, se le veía contento, vivaz. Alegraba a su gente. Fue uno de los pocos que he conocido en Jaquí que es posible que haya encontrado sentido a su vida.

Ingresaron dos mineros con sendas bolsas de charpas de oro. Con semblantes cetrinos, rostros color cenizo y envejecidos como consecuencia del vapor de mercurio, le mostraban a Néstor Paz que el *profe* Machuca tenía razón.

—Esto es para usted —uno de ellos se dirigió a Néstor Paz.

Complaciente, Néstor Paz regresó a su sitio. Ahí los atendió. Refogueó las charpas, pesó el oro refogueado y les pagó.

49. Atrapados

8:00 P.M.

Jacinto Ibarra retornó desde el corralón. Néstor Paz lo vio venir hacia su mesa. Caminaba rápido, como si estuviera contra el tiempo. Se sentó en el mismo sitio en que se sentara media hora antes cuando advirtiera a Néstor Paz del peligro al que se vería involucrado si no se retiraba.

Le habló en voz baja.

—Le queda poco tiempo, no más de media hora. Es momento de retirarse.

—Ya le dije que no puedo. Debo completar el volumen de oro del día.

—Mi mujer me ha insistido de nuevo. Le ha tomado mucha estima por lo que hizo. Debe irse ya. Le queda poco tiempo.

—¿Y qué puede pasar? — Néstor Paz continuó displicente.

Jacinto Ibarra volteó con parsimonia, como con disimulo, rascándose la cabeza, solo para asegurarse de que los comensales de la otra hilera de mesas no pudieran escucharlo. Entonces se frotó las manos y, tras acercarse, respondió casi en susurro:

—Escuche amigo. Soy de *sendero*. Como le dije, una columna se encuentra a las puertas de Jaquí. Bajaremos desde los cerros para tomar este pueblo y hacer justicia.

—¿Justicia?

—Usted es una persona inteligente. Puede entender. ¿Ha visto cómo vive esta gente? —desvió la vista hacia los comensales, como si de esa manera integrara a todos los pobres del mundo.

Néstor Paz lo imitó de forma instintiva. Sin embargo, durante ese movimiento rápido, se percató de que el *profe* Machuca observaba los movimientos de su interlocutor. Le guiñó el ojo.

—Sí —respondió Néstor Paz luego de retraerse—. Los tienen atrapados.

—Es cierto. Los tienen atrapados. Y no hay forma de escapar. Se han convertido en esclavos sin cadenas. Venden el poco oro que obtienen a la semana a un precio subvalorado, claro, excepto a usted. Aun así, con el dinero que reciben, amortizan a sus acreedores solo algo de sus deudas y, como se quedan sin nada de dinero, se ven obligados a pedir más crédito para sobrevivir: comida, mechas, herramientas y otros elementos de trabajo a precios sobrevalorados. Extraen el material de cabeza, lo muelen en los quimbaletes, obtienen las charpas de oro y otra vez lo tienen que vender al precio subvalorado. Así, en un círculo vicioso, cerrado, sus deudas siguen creciendo. No tienen salida. Como dice usted, están atrapados. Esa es la razón por la cual muchos mineros no pueden venderle a usted el oro, aunque saben que usted es un hombre justo. Solo los anima la idea de encontrar el *bolsón* anhelado y salir de la deuda. Un anhelo perdido, como sacarse la lotería.

—Por lo menos mantienen una esperanza.

—Una esperanza absurda por la que los ricos se vuelven más ricos y los pobres más pobres. Esa es la historia de la humanidad y su fotografía la podemos encontrar aquí, en este pueblo, que es bastante simple: el que nace con ventajas logrará que esas ventajas acumulen más ventajas, y el que nace con desventajas le seguirán más desventajas. Y la brecha entre ambos bandos seguirá aumentando hasta niveles tan nefastos como insostenibles.

—¿Por qué insostenibles?

—Por la misma razón por la cual usted se encuentra aquí. Por la supervivencia. Es la condición humana. Todo tiene un límite. Se puede explotar a alguien solo hasta que ese alguien explote.

Néstor Paz se mantuvo en silencio por unos segundos. Su inteligencia le decía que Jacinto Ibarra hablaba convencido desde la posición en que veía el mundo. Tras reflexionar y observar en retrospectiva la existencia miserable de la gente que había conocido en Jaquí, consideró que a Jacinto Ibarra no le faltaba razón.

—¿Entonces ustedes creen que vienen a salvarlos?

—No. A hacer justicia. A devolverles algo que la humanidad les ha quitado, que les devuelva el sentido de sus vidas porque lo que viven, como dije, es una esperanza absurda que alientan y aprovechan unos en agravio de otros.

—¿Por qué no denuncian el abuso y dejan que el poder judicial resuelva?

—¿El poder judicial? ¿En qué mundo cree usted que vive? ¿A las manos de quien cree que van las ganancias de este negocio? Los juicios lo ganan los ricos, pero esta noche habrá un juicio popular en este pueblo en el que finalmente ganarán los justos.

—No me convence.

—Ah, ¿no?

—¿Solo porque usted lo dice? ¿Así de fácil?

Jacinto Ibarra bajó la cabeza, se limpió los labios con la lengua, como si estuviera sediento. Se frotó los ojos con las palmas de las manos.

—Mire señor —continuó el de *sendero* con voz algo gangosa—. En unos minutos usted escuchará una explosión a la entrada del pueblo y luego otra a la salida. Cuando las escuche sabrá que le he dicho la verdad y que no le quedará más de diez minutos para retirarse… y, bueno pues, si no, usted se atendrá a las consecuencias.

—No le creo.

—Me creerá.

Dicho esto, Jacinto Ibarra se levantó, pero, antes de regresar por donde vino, le dio una palmadita en el hombro.

—Debe irse. Es por su bien. Una vez que la columna entre a Jaquí ya no podré hacer nada por usted. Y su familia lo lamentará.

«Están chiflados», se dijo. «De aquí no me saca nadie».

Néstor Paz era consciente de que en Jaquí ocurría una competencia desleal en el negocio del oro. Lo había observado durante buen tiempo. Había observado también, de cerca, los entretelones de la condición humana, como si fuera una ley, en donde unos se exceden porque pueden y otros se resignan porque no les queda otra opción.

«Sí», se repitió Néstor Paz. «No vaya a ser que lo que quieren estos desgraciados es asustarme y hacerme desaparecer del negocio para que puedan quedarse con todo».

Luego de reflexionar acerca de la conversación última, Néstor Paz consideró que en lo que sí estaba de acuerdo con Jacinto Ibarra era en que esa pobre gente llevaba una vida absurda, sin ningún sentido.

50. Explosiones

8:15 P.M.

Néstor Paz continuó sentado. Esperaba a otros mineros a quienes no debía defraudar. Tampoco quería defraudar a su amigo Carlos Bazán. ¿Cómo podría abandonar el trabajo ante una amenaza poco creíble? Pero, sobre todo, pensaba en su familia, en sus hijos y en su esposa.

Juana Ibarra le advirtió otra vez cuando ingresaba al salón, pero Néstor Paz se mantenía porfiado. Aunque dudaba. La razón fluctuaba entre si era cierto lo que le había confiado Jacinto Ibarra o si éste y su mujer eran mensajeros comprados por la gente del *tambo*. La balanza se inclinaba de modo forzado, tal vez por razones de supervivencia, por la segunda hipótesis.

Le dijo ella:

—Váyase ya para que tenga tiempo. No le estamos engañando. Su vida peligra.

—No, señora, no va a pasar nada. Un rato más y me voy.

—Es por su bien, váyase, que todavía hay tiempo.

Con una señal llamó al *profe* Machuca. Este, tras acercarse y sentarse a su lado, dando la espalda al mostrador, esperó instrucciones.

—Dice el marido de Juana Ibarra que es *senderista*, que una columna de *sendero* se encuentra en las puertas de Jaquí, en los cerros, y que en cualquier momento van a bajar para hacer justicia. Que si esa columna nos encuentra aquí ya no podrá ayudarnos. ¿Qué piensas?

—Más de lo mismo. Ver para creer.

—Dice que en unos minutos escucharemos una explosión a la entrada del pueblo y luego otra a la salida. Después de eso tendremos pocos minutos para retirarnos.

—Eso es otra cosa. Habría que creerle solo si escuchamos las explosiones. Pero no creo. Sabemos que *sendero* todavía se encuentra lejos.

—Es lo que también creo, que *sendero* se encuentra lejos, pero estos desgraciados no dejan de asustarnos haciéndonos creer que están cerca.

—Habrá que esperar.

—La vieja continúa insistiendo. Dice que no nos están engañando.

—No le hagas caso.

—Más vale cobarde vivo que valiente muerto. A la primera explosión y nos vamos.

El *profe* Machuca regresó a su sitio habitual.

Ingresaron dos mineros. Uno se sentó en una de las mesas desocupadas y el otro, con las charpas en la mano, se acercó para vender su oro.

Néstor Paz y el minero fueron al corralón. Luego de refoguear las charpas, regresaron uno detrás de otro. Se acomodaron en la mesa habitual, en la tercera de la izquierda.

Néstor Paz colocó las charpas sobre la balanza. Movió la pesa deslizante hacia la derecha hasta encontrar el punto de equilibrio.

—Ocho gramos y medio —cantó.

Entonces se escuchó una explosión. Fue ruidosa. ¿Ocurrió a la entrada y no a la salida del pueblo? ¿Cómo podría determinarse?

Néstor Paz y el minero que lo acompañaba se estremecieron. Se paralizaron. Miraron a todas y a ninguna parte. El *profe* Machuca se levantó y corrió hacia ellos.

Los otros comensales también se levantaron, excepto el que se encontraba en la cuarta mesa de la derecha, el que leía el pequeño libro rojo, el *borrachín*, que se mantenía imperturbable en su sitio.

Todos se miraban entre ellos, unos con otros, sin proferir palabra alguna.

Luego llegó la calma.

Una calma impuesta por la necesidad.

En seguida, como si recién lo hubieran asimilado, se fueron retirando del salón, uno por uno, excepto el minero que se encontraba vendiendo sus charpas, su compañero, el *profe* Machuca y Néstor Paz.

Y también el *borrachín*.

—¿Qué crees? —preguntó el *profe* Machuca.

—Pago y arrancamos.

Al *profe* Machuca no le quedó otra opción que esperar, impaciente, que Néstor Paz y el minero culminaran con la transacción.

Después de recibir el dinero, los dos mineros se retiraron corriendo.

Entonces escucharon el grito. Más que un grito, era una orden que provenía de la mesa del frente.

—¡Qué esperan! ¡Váyanse ya!

Néstor Paz y el *profe* Machuca miraron sorprendidos al *borrachín* que, sin levantarse ni moverse de su asiento, les había lanzado la advertencia final.

—Con la segunda explosión no les quedará más de diez minutos para salir del pueblo. ¡Váyanse ya!

El *flaco* Vizcarra y el *gordo* Meza se encontraban en el umbral de la puerta de la entrada, como si esperaran indicaciones urgentes. Tras escuchar la explosión, ambos, de un solo brinco, se habían levantado de las bancas laterales exteriores. Si se encontraban dormitando, debieron despertarse del susto, debieron mirar a un lado y al otro y, al no distinguir nada, debieron entrar al salón casi corriendo.

Se escuchó la segunda explosión. Unos segundos después de la primera, no más de medio minuto. Se escuchó más ruidosa que la anterior. Debió ocurrir a la salida del pueblo porque ese punto quedaba más cerca que desde la entrada.

51. Escape

—¡Váyanse ya! —les gritó de nuevo el *borrachín* que de pronto se había levantado y había avanzado un par de pasos en dirección de ellos

—¡Ya! ¡Váyanse! —insistió con voz de mando.

De tan solo escuchar la orden, Néstor Paz terminó de entender el motivo por el cual el *borrachín* se encontraba ahí. Saltó de la silla. Mientras tomaba el pomo con oro y la balanza, el *profe* Machuca levantaba el soplete y el balón de gas y, al instante, ambos corrieron hacia la calle.

El *borrachín*, que permanecía inmutable, como si estuviera esperando las explosiones, guardó el pequeño libro rojo dentro de la mochila que a su vez la acomodó en su espalda, se puso el sombrero de paja y caminó hacia la salida.

—¡Y no pierdan tiempo! —vociferó con una sonrisa asimétrica y cejas arqueadas que Néstor Paz logró distinguir, pero no descifrar.

El *flaco* Vizcarra y el *gordo* Meza, que esperaban en el umbral de la puerta, corrieron hacia la camioneta una vez que Néstor Paz y el *profe* Machuca los alcanzaron.

El *profe* Machuca dejó el soplete y el balón de gas en la tolva y corrió hasta el asiento del piloto. Ahí subió, encendió la camioneta y se aferró del timón.

Néstor Paz dejó el pomo con oro debajo del asiento del copiloto y la balanza en el piso, pero, viendo que el soplete y el balón de gas no se encontraban asegurados, no subió a su asiento, sino que se dirigió a la tolva. Ahí, de un solo impulso, subió para protegerlos de los golpes que ocasionarían el camino carrozable bastante irregular. En simultaneo, el *flaco* Vizcarra y el *gordo* Meza se acomodaban en sus posiciones de costumbre en el asiento posterior, el *gordo* Meza a la izquierda y el *flaco* Vizcarra a la derecha.

Y arrancaron.

A pesar de la pista sin asfaltar, se escuchó el sonido imborrable de los neumáticos al patinar, seguido de una polvareda inmensa alrededor.

Detrás y al ritmo del movimiento de la camioneta, el salón de Juana Ibarra, ella, los quimbaletes, el corralón y sus ocupantes fueron esfumándose en la penumbra de la noche.

Como una sombra, que apenas se distinguía por la luz mortecina del salón, se reflejaba la silueta de un hombre solitario que con la mano les decía adiós, o tal vez les deseaba buena suerte durante el intento de escape.

Superaron la plazuela principal que apenas la iluminaban algunas lámparas desde tres o cuatro postes de alumbrado público. El resto de las calles se percibían grises, así como el camino más allá del pueblo, oscuro por completo. Las estrellas y la luna se habían ausentado como si hubieran presentido que esa sería una noche trágica.

Al continuar hacia la entrada a Jaquí, rumbo a Yauca, notaron que las ventanas de algunas casas humildes traslucían unas luces moribundas, que no servían ni para distinguir los baches del camino.

El ambiente se sentía cargado de una tensión palpable. El silencio en el interior de la camioneta era invadido por el ruido del motor y el crujido de las piedras bajo las ruedas.

La oscuridad era casi total. El camino, que se iba descubriendo como un túnel, parecía más un abismo sin fin que una ruta segura.

Llegaron a la quebrada luego de cuatro o cinco minutos de recorrido y de apariencia tranquila. Cruzaron el riachuelo. Viraron hacia la izquierda para bordear el cerro empinado.

El *profe* Machuca redujo la velocidad debido al camino sinuoso bastante estropeado lleno de huecos, baches y piedras.

Apenas avanzaron unos metros, escucharon un disparo que provenía desde la ladera base empinada justo a la altura de la camioneta.

Sentado y aferrado del tubo protector de la tolva, Néstor Paz pudo distinguir con facilidad, como un relámpago, el fogonazo en medio de la oscuridad.

52. Fogonazos

Fue el primer disparo. Por instinto, Néstor Paz desenfundó su arma con la mano libre, pero no atinó a disparar. Le temblaba la mano. El disparo provenía del cerro justo desde el lado lateral derecho y a poca distancia y desde donde era imposible errar, pero la bala pasó silbando por sobre su cabeza hasta chocar en el riachuelo.

Por su ubicación en el asiento posterior y detrás del sitio del copiloto, el *flaco* Vizcarra, que al instante escondió su cuerpo sobre el asiento, también debió observar el fogonazo, pero no así el *profe* Machuca ni el *gordo* Meza.

El *gordo* Meza desenfundó su pistola, se asomó por la ventana lateral izquierda e intentó devolver el fuego. Sin embargo, desistió al instante por la posición ciega en que se encontraba y por los golpes recibidos por el marco de la ventana a raíz de los movimientos bruscos de la camioneta. Fue un intento fútil y riesgoso.

El siguiente disparo vino de otro *senderista*. Llegó desde un punto algo avanzado del cerro y por donde la camioneta debía bordear en unos segundos. Debió mezclarse con el ruido del motor y los gritos de los hombres, pero no. Se escuchó con tanta nitidez y el resplandor fue tan deslumbrante debido a la oscuridad de la noche que generó zozobra extrema en los cuatro.

Entonces Néstor Paz se derrumbó sobre el piso de la tolva. Se olvidó del soplete y del balón de gas. Su arma, la Pietro Beretta de 9 milímetros, se le escurrió de entre las manos al tiempo que se escuchaba otro disparo cuyo fogonazo se distinguió desde una tercera posición.

Mientras el *gordo* Meza y el *flaco* Vizcarra se escondían en el asiento, el *profe* Machuca trataba de esquivar no solo las balas sino también los huecos, las piedras y los baches que apenas lograba distinguir con ayuda de los faros de la camioneta.

Aun así, avanzaban de tumbo en tumbo y ellos, los cuatro, se balanceaban al compás de cada tumbo, hacia arriba, hacia la izquierda o hacia la derecha. Los movimientos eran inopinados. El soplete y el balón de gas, sueltos en la tolva, se movían libres, pero al compás de los tumbos, como si bailaran con Néstor Paz al ritmo de una coreografía.

Desde su posición inestable, Néstor Paz distinguió, esta vez, cuatro fogonazos. Fueron cuatro disparos casi simultáneos que, tal como los anteriores, pasaron silbando por sobre la camioneta. Advirtió, en ese instante, que los gritos ahogados de sus compañeros habían empezado apenas cruzaron el riachuelo.

Néstor Paz pensó en responder el ataque, pero felizmente notó, por la dirección de los disparos, que los atacantes no tenían la intención de hacerles daño. Entonces entendió la sonrisa sarcástica del *borrachín*. Y le agradeció.

—¡Solo nos están asustando! —gritó Néstor Paz a sus asistentes—. ¡No respondan! ¡No disparen!

Era cierto. Desde donde los *senderistas* disparaban, desde el cerro y a poca altura, era imposible errar. Pero los disparos pasaban desviados, como si el propósito consistiera solo en espantarlos.

Por la ubicación de los fogonazos, Néstor Paz consideró que en el cerro debía haber nueve o diez *senderistas*. No más.

Los disparos cesaron cuando todavía no terminaban de bordear el cerro. A pesar de eso, los cuatro continuaban a cubierto no vaya a ser que uno de los *senderistas* pudiera esperarlos más allá con alguna que otra sorpresa, como disparar a la camioneta o lanzarles un cartucho de dinamita.

—Creo que los perdimos —dijo finalmente el *profe* Machuca, cuando se alejaban del cerro empinado.

Néstor Paz respiró hondo, tratando de calmar los nervios. Los otros debieron imitarlo, aunque no podían verlo.

Llegaron a Yauca. Bajaron ahí. Entraron al restaurante conocido. Los comensales, que no todos se encontraban sentados, hablaban de que había problemas en Jaquí.

Algunos comensales, que los conocían, les preguntaron si sabían algo. Contestaron que no, pero que sí habían escuchado algunos disparos cuando abandonaban Jaquí.

Sentados alrededor de una mesa, Néstor Paz sintió recién que había mojado el pantalón. Intuyó que tal vez a algunos de sus ayudantes les había sucedido lo mismo, pero no les dijo nada ni ellos a él.

Nadie habló. Fue una tertulia silenciosa de cuatro en torno de una mesa. Algunas miradas y nada más. Un gracias y un hasta luego. Eso fue todo.

Después de tomar el café caliente acompañado de galletas de agua con aceitunas, se despidieron de Yauca, no sin antes reportar la ocurrencia a la comisaría del lugar.

Mientras descansaba en Marcona, casi a medianoche del día aciago aquel de 1990, Néstor Paz consideró que había nacido de nuevo

Durante esa noche, y las subsiguientes, recuerda Néstor Paz con bastante claridad, que le fue difícil conciliar el sueño. El sonido de los disparos resonaba en su mente mezclados con el traqueteo de la camioneta, los resplandores en la noche y los gritos ahogados de sus compañeros.

—Sí —concluyó otro día—. He nacido de nuevo.

EPÍLOGO

Días después, Néstor Paz tomó conocimiento por las versiones escuchadas en Marcona, a través de su hermano y los amigos de su hermano, que los *senderistas* entraron a Jaquí antes de la medianoche de ese día aciago. Mataron a cinco personas: al alcalde, a su esposa, a un empleado del *tambo*, al comisario y a un infante de marina que visitaba a su familia. Declararon al pueblo tomado como zona liberada.

Escuchó también que, al día siguiente de la toma, los mineros continuaron con los trabajos de rutina en busca del *bolsón* de oro y que la policía no pudo recuperar Jaquí de inmediato. El único acceso se encontraba custodiado por los insurrectos, pero luego de cruentas refriegas lograron expulsarlos. Tras ingresar, la policía encontró a los muertos en los mismos lugares en que fueron asesinados.

Persuadido de que al llegar la calma regresarían los buenos tiempos, y esta vez con cierta ventaja, Néstor Paz esperaba entusiasmado regresar pronto a Jaquí. Sin embargo, dos meses después, como el *profe* Machuca, el *flaco* Vizcarra y el *gordo* Meza insinuaron renunciar si eran obligados a seguir con el negocio de la compra de oro en Jaquí, Carlos Bazán optó por abandonar la empresa. La razón: peligro latente de que los *senderistas* pudieran tomar de nuevo ese pueblo en cualquier momento. Y era cierto. Los *senderistas* todavía no habían sido derrotados.

«Tanto trabajo para nada», se dijo Néstor Paz cuando se le comunicó la mala nueva

Desesperanzado, jamás regresó a Jaquí, no obstante, después de analizar diferentes opciones mientras permanencia en Lima, Néstor Paz, apoyado por otro inversionista, decidió comprar oro a los mineros artesanales de Madre de Dios, lejos de los *senderistas*. Se estableció ahí cerca de un año. No cambió ni su trato ni su política hasta una madrugada en que debió escapar a tiempo. No pudo lidiar con los competidores iracundos de la zona.

Ante estas dos experiencias, en Jaquí y en Madre de Dios, Néstor Paz ha considerado que la vida en este mundo es absurda porque no funciona la ley de causa y efecto: ante una acción correcta, el resultado no necesariamente es bueno. Los malos suelen ganar.

«Sin embargo, amo la vida».

Néstor Paz reside en los EE. UU. de América. Perdió comunicación con su amigo Carlos Bazán desde los años noventa. Recuerda con nostalgia la época maravillosa de su niñez. No deja de pensar en Jaquí ni en los socavones ni en los hombres marchitados por el vapor de mercurio. Sigue convencido de que un niño le salvó la vida.

Néstor Paz todavía cree que los muertos *pasan a mejor vida*.

Agradecimientos

A Paco y Leonor Rodríguez, por los comentarios recibidos.

A Anita Torres y Luz Stella Mejía, por el tiempo generoso dedicado a la revisión y corrección del manuscrito y por las sugerencias recibidas.

A mi esposa Yvonne, por sus consejos y, sobre todo, por su apoyo permanente.

A mis hermanos, a mis hijos y a mis nietos, por brindarme el soporte emocional.

Y en especial a Luis Ernesto Camino, porque sin su ayuda desinteresada hubiera sido imposible escribir este libro.

ACERCA DEL AUTOR

Alberto Caballero nació en 1954 en la ciudad de Trujillo, Perú. Estudió Ingeniería Eléctrica en la Universidad Nacional de Ingeniería (Lima, Perú) y una Maestría en administración de negocios en ESAN (Lima, Perú).

Estudió Escritura Creativa por la Escuela de Escritores de España.

Reside en Virginia, EE. UU. Integra el grupo *Letras vivas* del norte de Virginia.

Otras obras de ficción del autor

ALBERTO CABALLERO

APRENDIZ

En Aprendiz, *uno se sumerge en un mundo en donde la línea entre la realidad y la imaginación se desdibuja, una serie de relatos que desafían las convenciones literarias y nos invitan a explorar la vida de un hombre atrapado entre el presente y las profundidades de una mente distraída. En sus páginas, el autor nos presenta una narrativa que oscila entre la autobiografía y la auto ficción, una danza cautivadora de eventos sugestivos y trascendencia velada.*

El protagonista, inmerso en la autoexploración, desvela retazos de una vida marcada por la curiosidad insaciable y la capacidad de soñar despierto. Desde situaciones comprometedoras hasta peligrosas travesías, cada relato ilustra una naturaleza inquisitiva y curiosa, llevándonos a cuestionar los límites entre la realidad y la fantasía.

Al final de la vida, son los recuerdos más entrañables los que nos acompañan. En esta novela le toca el turno a Elián, quien nos lleva de la mano por su adorado terruño a las orillas del mar de Puerto Bravo. Sus emociones bañan cada uno de los pasos que rememora mediante sus escritos mientras camina por aquellos lugares en donde vivió los momentos que lo marcaron. Puerto Bravo es una mirada emotiva y cautivadora, un viaje de introspectiva hacia lo más profundo del alma de una persona.

Ani Palacios, escritora y directora general de Pukiyari Editores

Insólita sería la palabra con la que caracterizaría la nueva obra de Alberto Caballero, Acto reflejo y otros relatos, *una antología de 16 historias con bases reales casi todas, pero con finales que dejan al lector pensando, en una especie de limbo de las mil posibilidades en donde, como para los personajes en las páginas de este libro, la vida y la muerte quedan abiertas... sin final preciso. Y, aun así, su impacto se impone por sí solo, vertiéndose en frases y descripciones que quedan con el lector, desbordándose en preguntas e interpretaciones, porque más que una antología esta es la gran pregunta que enfrentamos casi sin saber día con día: ¿Y yo? ¿Cuál sería mi acto reflejo ante esas situaciones*

Ani Palacios, escritora y directora general de Pukiyari Editores.

La sombra del estiómeno y otros cuentos *es una antología de once relatos que conjuran historias tan fantásticas como improbables. Once cuentos regados de situaciones extrañas aun dentro de lo cotidiano, que, si bien se pueden catalogar como imposibles de suceder, logran interpretar a su manera la realidad. Once cuentos en donde la metamorfosis, la usurpación de personalidad, la codicia, la desconfianza son elementos utilizados como materia prima para crear mundos quiméricos que sorprenderán al lector.*

A través de estos once cuentos, el lector se encontrará con personajes y situaciones que siendo fantásticos tienden a presentar una realidad que de alguna manera le será reconocible.

De la curva del camino *es un conjunto de cincuenta viñetas trabajadas sobre bases simbólicas como caminos, viajes, curvas, que aluden al proceso de vida, porque ¿qué otra cosa es la vida sino un viaje que se transita por un camino de muchas curvas? Pero más que uno lineal y pasivo, este viaje es especial, es dinámico, brusco, cambiante, a veces sinuoso, a veces en espiral, y aun así, aunque cada uno de nosotros viaje por su propio camino, todos avanzamos hacia una sola meta. Siempre hacia adelante. No hay forma de evitarlo. Sin embargo, ¿qué nos hace diferente? ¿Qué nos atrae? ¿Qué nos entusiasma? ¿Qué tipo de caminos estamos dispuestos a tomar? Estas son algunas de las preguntas que el autor plantea en la presente obra.*

Encuentra mi trabajo aquí

https://www.facebook.com/marianoalberto.caballero

https://www.amazon.com/author/albertocaballero

«Leemos libros para descubrir quiénes somos,
lo que otras personas, reales o imaginarias,
hacen, piensan y sienten...
Es una guía esencial para comprender
lo que somos y lo que podemos
llegar a ser».
Ursula K. LeGuin